咦，你好像喜欢我

捌匹马 /作品

BA PI MA
WORKS

长江出版传媒 长江文艺出版社

北京长江新世纪文化传媒有限公司
www.cjxinshiji.com
出品

序

认识捌匹马已经快八年了。2008 至 2009 年间，我们一同挤住在上海的一个合租房里，对未来充满无限憧憬。

我当时的工作特别辛苦，每天回去都已经凌晨一两点钟。而他六七点钟就已经出门，虽然同住一个屋檐下，但我们之间的交集不是太多。相反，倒是各奔东西之后，联系才多了。我经历过两次创业，他都帮过我不少。

对他的第一印象是，他的人生阅历不像是他这个年纪该有的。一个最明显的特质：特能说。我当时就想，这么能说，把这些经历写下来，估计能出书了。

八年之后，他果真出书了。

他给我看的第一篇故事叫《超耳侠》，这让我颇为惊讶。这么粗犷的少年，竟然能写出这么温婉的故事，画风有点不和谐啊！他马上甩出一张年轻时的照片，恍如学生时代的吴秀波。当时再次颠覆了我对他的认识，心念二字：帅过。

这是我第一次为别人的书作序，序的目的在于推荐这本书吧！而以上的文字更多是在介绍这个人。我觉得有趣的人写出的东西，也应该是有趣的。

这是我认识的捌匹马。

独立鱼电影创始人　木无秦

写于晚八点（恰好是他笔名的缩写 8pm）

目录

第一幕　邂逅

我们不期而遇，眼中藏着银河

兔子从来不会上树　　／ 003

超耳侠　　／ 009

白义和我　　／ 015

如果我没有尿床多好　　／ 021

有缘人无处不见　　／ 029

赶路人　　／ 035

第二幕　钟情

山高水长你别闹，后会有期走着瞧

陈冲的爱情　　／ 041

南城爱情故事　　／ 046

所有的明天都像你一样晴朗　　／ 054

旋转木马　　／ 064

大王叫我来巡山　　／ 073

山高水长你别闹，后会有期走着瞧　　／ 078

第三幕　陪伴

你我相依为命，渐渐日久生情

姑娘漂亮　　／ 091

区域经理与酒姑娘　　／ 097

我叫程大力　　／ 103

再苦也要去拖地　　／ 108

你这个骗子　　／ 112

够了，陈来妹　　／ 117

第四幕　危机

沧海一声笑，越笑越显老

吃完这顿，就分手　　／ 129

在吗？　　／ 137

救星　　／ 143

王小胖的奇幻职场　　／ 148

无限绑架　　／ 153

酒神　　／ 159

失恋门诊室　　／ 165

第五幕　改变
To Be A Better Man

从前有座山　　／ 175

超能力英雄　　／ 183

我眼中潇洒的男人　　／ 188

我是大魔王　　／ 193

如果世界在这一天毁灭　　／ 200

裸奔侠　　／ 205

第六幕　尾声
时光机：与未来的自己搏斗

一架时光机　　／ 213

后　记　　／ 218
所有的坦白只是为了一个未来的你

邂逅

我们不期而遇，眼中藏着银河

　　清新明快的旋律携带着含情脉脉的温柔，犹如青春里晴朗的夏天，伴着我们每一个人成长。而你微笑的脸庞是我轻触岁月的痕迹，在我的心里勾勒出一朵绽放的夏花。

兔子从来不会上树

"你真要转世为人，放弃永世永生？"月神在沙漠当空涨成一轮圆月，显得有些气恼。

"我知道人活得不会太久。"

月神曾说白羽是一只贪婪而缺乏毅力的兔子，其实她错了，真正贪婪的人是我。

"我想拥抱她……"

1

苍莽山脉纵横交错的洼地里有一棵古树的种子正在隐秘成长，它知晓河流的源头在远方。今日太阳也东升，而后西沉，朝开夕落，花漫山坡。今日太阳也西沉，而后东升，种子早已发芽，肆虐生长在无限的时光里。

五百年开花，五百年结果，当种子长成一株参天果树时已是一千年以后。有一只白兔路过，便在这里安了家。兔子从来不会上树，它在这里做窝。秋去冬来，树上掉下的果子囤满了兔子的草窝，它安稳地活着，不肯离去。

兔子顺着果树的根部一路上坡，到洼地之上去找寻更美的食物。它发现一片桃林，咀嚼了两口掉落在地上的烂桃子，觉得一片欢喜，但紧接着的西瓜地却让它更加喜不自胜。它舍弃了桃林，奋力推着大它几倍的青皮西瓜往家里赶。有麻雀从旁飞过，叽叽喳喳地叫着，于是兔子又好奇地驱赶着麻雀花光了自己所有的力气。

当月华铺满河岸，兔子终于空手回了窝。月神把月亮弯成一个笑脸对我说："山子，你看这兔子三心二意，也不知是贪婪还是缺乏毅力，终究还是空手而回。"我笑而不语，心里却道："可是我觉得它玩得很开心。"

"我虽不能拥抱你，但却能守护你。"
我是一株参天果树，因为有你，生活才有了一点点不同。

2

兔子活了八年，然后死去，它是我清醒以来第一个伙伴，也将是最后一个。我习惯了它八年的陪伴，但却始终未曾说上一句对白。我现在还没有修炼到自己能够说话，我只能不断地开花结果，经受汲取的心酸与难过，然而结成的果实却再也吸引不到任何动物，我又沉睡了一千年。

不知过了多久，一个女孩卧倒在我的身下虔诚地祈祷，她扔的许愿福袋刚好挂在我最下方的新枝上，我内心好似有了一缕清明，就这样我苏醒了。

眼前的女孩长得乖巧可爱，麻布衣裳也遮挡不住她倾世的容颜，我知道不用多时，自然会有贵人前来许她万两白银。她愿她久病在床的母亲重获新生，我便索性赠她一场造化，结下一颗果实。

女孩拿着果实欣喜若狂，不出三个月，她久病在床的母亲便活了过来。人们听说了女孩的传闻之后犹如潮水般聚拢而来，没日没夜的香火供奉让我不堪其扰。我坚持了六年却再也结不出果实，最终人群散去只留下了一场喧嚣。仿佛兮若轻云之蔽月，飘摇兮若流风之回雪。女孩日渐长大，而她命中的贵人也即将到来，我知道这是她母亲千挑万选的乘龙快婿。按照生死簿上的记录，这是她救醒母亲必将接受的结局，可谁知女孩却不愿意。

"不愿意"这三个字的分量不亚于以命抵命。女孩母亲收了贵人万两白银，女孩自然是要被人掳走的，她跪在我的面前求我帮帮她，我不知道该如何助她，就像当年那只白兔死在我的身前。我眼看着四周的村民集聚起来，有的人说她不守礼教，有的人喊着"父母之命媒妁之言"，我眼看着她冲了过来欲要当着众人的面撞死在我身上，只听嘭的一声，她被我弯曲茂密的树枝挡了下来。

我能控制身体的枝干了，但仍然无法去往远方，女孩去了远方。

3

她叫白羽，她在远方一直没有回来，我很想她。

记忆里的样子已经模糊，我第一次见她就知道她是那只兔子，投胎转世必然要承受凡人的红尘过往，我只是一株尚未化形的古树，还帮不了她。

又不知过了多少年，随着时代的变迁，村落和古建筑都已销声匿迹，人们去往南方，只留我一人在此。又过了几十年，我终于努力化形，长出了一双长腿，但我还不能说话。我沿着记忆里的方向往前行走，走到一片沙漠。

白羽终究还是死了，死在我停留过的沙漠。"这里只有月亮与石子，没有水。"月神这样和我说。我决定生长在这里永不离去，我成了一株生长在沙漠里的胡杨树。

然而，我还是遇见了她。她变得坚强，变得果敢，变得比我认识的她更加充满力量。白羽这一世投胎成了男子，他还是她，而我还是我。

他是打算穿越拉萨沙漠的旅行者，一个藏漂。我拔出长腿跟在他身后，我不能告诉他我是谁，作为一棵行走在沙漠里的胡杨树，这实在太奇怪了。我只能静静地守候在他身边，就像当年白羽还只是一只白兔，而我还只是那株静静守护在洼地的果树。虽然不能拥抱你，却能守护你。

我总是比白羽先行一步，竖立在他能看得见的远方。他总会蹲在我的树荫下歇上一阵子，直到又充满了力量。我们相处了十天，白羽终于走出了沙漠。他是世界上最棒的探险家，而我始终在沙漠里等他。几乎每过两年，他都会穿越这片沙漠一次，有时一个人，有时两三个，这是我最满足的五十年，但愉快的时光总是转瞬即逝，白羽还是老了。

兔子本就怕鹰，喇嘛们天葬了他。

4

"曾经沧海难为水，除却巫山不是云。"
"取次花丛懒回顾，半缘修道半缘君。"

"山子，你还是要走吗？"月神借着月华向我施法，泛着波光粼粼的银光倾洒在我的身上。
"我知道她在哪儿。"

高楼林立的大厦矗立在南城小镇的中央，鳞次栉比，这里已成为真正的钢铁森林。在这褪尽浮华的夜里，霓虹闪烁的都市显得比烟花还要寂寞。

我还是习惯乘坐略显矮小的淡绿公交循环在都市里，倾听着一遍又一遍汽车停靠站台的声音：扑哧！晶晶亮，透心凉。

白色便携式耳机环绕在耳边，一件淡绿色休闲西装配着卡其色的拼接九分裤是我的最爱，我虽然已化成人形，但我仍然向往树的色彩，安静而祥和。

"我就知道我还会再见到你。"

在一个慵懒的夏日午后，我在公交车的一角遇见了她，白羽又变回了女人的样子。这一世她已没有当年的倾世容颜，也没有上一世的果敢决绝，她更像那只兔子，纯真而快乐。我长嘘了一口气，静静地坐在她身边。她睡着了，温暖而又安详……

5

"你真要转世为人，放弃永世永生？"月神在沙漠当空涨成一轮圆月，淡黄中泛着一抹深红，她显得有些气恼。

"我知道人活得不会太久。"月神曾说白羽是一只贪婪而缺乏毅力的兔子，其实她错了，真正贪婪的人是我。

"我想拥抱她……"

6

在苍莽山脉纵横交错的洼地里生长着一棵参天古树，古树结下的果子是兔子过冬最好的粮食。兔子很感激有它在这里矗立，没有任何动物敢打扰，静谧而又祥和。

兔子很想谢谢古树，感谢他的施舍，让生活可以简单而又快乐。它上了山坡，找到了一片桃林，但是桃子还没有古树的果子美味，古树会喜欢吗？它又发现了一片瓜地，这西瓜比古树的果实大多了，古树一定会喜欢！

一群叽叽喳喳的麻雀从上空飞过，这是兔子第一次遇见会飞的动物。它也想飞翔，飞翔在空中就能更靠近古树的脸，它想当面谢谢他……

我孤独地俯视着一切，月华像银色的缎带点缀着繁星斑驳的光影。你虽然矗立在我的身侧，却像隔着银河。

兔子从来都不会上树，白羽是我凡间的倒影。

月神永远是月神。

第一幕　邂逅

超耳侠

　　我又开始孤独，想起了心中的秘密，我曾经失去的、深深爱着的他。任凭自己老去也无法解开的秘密需要回到曾经去解开……

1

　　罐头公交是我在南城小镇里的交通工具，它略显矮小的车身涂着大大的绿色汽水 DM，像一罐雪碧。炎热夏天里，伫立在公交停靠的间隙，你会听见启开雪碧拉环的奇妙声音，扑哧！柠檬味的芳香扑面而来，晶晶亮，透心凉。夏天，开了冷气的罐头公交，是我最愉悦的秘密基地，然而秘密指的是另一个他。

　　白色便携式耳机环绕在耳边，一件淡绿色的休闲西装配着卡其色的拼接九分裤是我的最爱，他的脸我不敢看，朦胧般的对视充满诗意，而我失忆了。等我醒来，罐头公交已经过站，我错过了自己的站点，"秘密"却坐在了我的身边。我的秘密是他，氧气男生，呼吸都显得愉快。

　　他总是和我一起并肩坐过十三站就下车，平均一站六分钟，统共七十八分钟的时间。我总能断断续续听完手机节目单里的一张 CD，因为一张 CD 的时间是七十四分钟，而多出的时间，是我与他交流的空隙。他总是说："对不起，我要下车了。"而我也只能微笑，说："谢谢你借我一只耳机。"

2

卡拉扬是一名如《爆裂鼓手》般的指挥家，也是一个好人，他定义了一张 CD 的时间必须装得下贝多芬的《第九交响曲》，而我感谢这一首歌的时间如此漫长，漫长到脉搏已经习惯了情绪的跳动，漫长到避免了我的尴尬与腼腆，我以为不会有男生喜欢我这样普通的女生，而他是我的意外。

"想玩猜歌名的游戏吗？"他出乎意料的说话声刺激了我所有的感官，我说："好啊。"

耳机里前奏已经响起，《小苹果》和《最炫民族风》当然难不倒他，但当像《香舍丽舍》《梦想家》这样的法语歌和俄语歌，他都能倒背如流的时候，我几乎想要尖叫，天呐，我的老伙计，看在上帝的分儿上，我们为什么不找间咖啡馆喝杯咖啡呢？我送他外号Music Man，他说叫他"超耳侠"。他不仅能听声辨曲，还能听见许多遥远而又细微的声音，比如坐在公交最前头举止娘炮的老男孩，他的男基友正在电话那头叮嘱他一定要穿粉红色的小内裤，而为什么是粉红色，超耳侠却闭口不言，直到今天我才明白，粉红色代表爱情。

3

和超耳侠相处总能遇到许多有趣的小事，比如坐在我们对面的女士，她正表情微醺，眯眼沉浸在耳机音乐里无法自拔。超耳侠打趣地说："和尚只在我梦里，如果你摸脸又亲亲。猜猜看她听的是什么歌。""这什么鬼?"我举起拳头想要示威,但却怎么也想不出熟悉的歌曲,"还是你说吧。"我无奈地耸耸肩,超耳侠说:"张明敏的《我的中国心》。""怎么可能?""怎么不可能!"我直起腰赌气想下车,却听到对面的女士隐约哼出几句歌词:河山只在我梦里,祖国已多年未亲近。如果你摸脸又亲亲?超耳侠已经笑得满地打滚。

我亲了他,我们恋爱了。

4

和所有的情侣一样,我们在闹市区的街道里牵手,在粉刷了红色油漆的电话亭里拥抱接吻。电影院的黑,让一切都显得神秘而疯狂,我们坐在公园,看夕阳怀抱熙熙攘攘的人群。他舔着在 KFC 买的蛋筒,我问他:"你叫什么名字?"他说:"有首歌叫'没名字的歌,无名字的你'。"我问:"谁唱的?"他说:"黎明。""唱给我听!"我跺着脚嗔道,活像个撒娇的小媳妇。

> 爱是没名字的歌
>
> 留给这世上无名字的你
>
> 就算应该忘记
>
> 偏不记得忘记
>
> 要让来日你想起
>
> 曾拥有那段情怀是多细腻
>
> 用我歌中每个细节轻吻着你
>
> …………

我没因超耳侠没有告诉我姓名而生气，反倒觉得互相不知道姓名也好，毕竟感情或许太快。我本来就很普通，普通到有些现实，他或许是某个知名音乐制作人也说不定，毕竟娱乐圈的事情本来就充满了隐藏与秘密。我相信时间会打败一切，相信他总会告诉我的。只是我忽略了时间往往不等人。我的时间不多了，父母要去合城生活，而我不得不离开，我决定向他坦白。

5

夏天，开了冷气的罐头公交，是我最愉悦的秘密基地。

我和超耳侠坐在老位置上，他听我说了很多，没有挽留，只是平静。我以为自己仿佛拥有了超能力，我能听到车厢里人们的呼吸声，虽然今天车厢里坐满了人，但我仍觉得冰冷。我哭了出来，呜呜地很细小的哽咽。

超耳侠看着我，突然一反常态，大声喊道："司机停车！"我以为他要离开我了，想着四周的人，埋起头哭得更凶了，但他却吼道："司机！停车！"我不知道发生了什么，司机没有停车，但车前却突然燃起一把大火。人们惊慌失措地拥挤着，推搡着，超耳侠踹开了车门，人们蜂拥而出，我被他搜出了火场。我吓得往外奔跑，跑了有二三十米，但当我回头，超耳侠却不在我身后。他说："车里还有人，我能听到！"烟雾笼罩了罐头公交车，我看不清楚人影，逃出来的人们互相拥抱着，脸上露出了恐惧的神情。超耳侠没有回来，公交车燃烧殆尽。

一场事故，受伤三十五人，其中重伤两人，遇难八人。我不知道超耳侠的名字，我再也找不到他了，我和父母去了合城。

6

我在合城生活了五六年，找到了一份适合自己的工作，做幼儿园老师，过着所有普通女孩子应该过的日子。但我没有遵从父母的意愿，和相亲的男人结婚，我嫁给了一个喜欢坐循环巴士的男人。我仍旧喜欢坐公交车消遣，戴着耳机听着歌，循环在陌生的城市里。有个男人坐在我的前面，他微胖的肚子出卖了他翘翘的屁股，一条粉红色的内裤羞涩地露出了笑容，我嫁给了他，去了他的老家。

就这样平静地生活，五年，十年，十五年……日子过得飞快，在一个安静的晌午，我和孩子们望着满脸皱纹的他在摇椅上安详睡去，再也没有醒来。我又开始孤独，想起了心中的秘密，我曾经失去的、深深爱着的他。任凭自己老去也无法解开的秘密需要回到曾经去解开。我独自一个人又搬回到了南城。

超耳侠或许没有死。我在超耳侠的小镇里心满意足地住了三年，五年，七年。待在满是罐头公交的小镇里期盼黎明。

我戴着耳机坐在老位置上听着歌：

就算应该忘记

偏不记得忘记

要让来日你想起

曾拥有那段情怀是多细腻

仿似是全没痕迹一段传奇

但偷偷感动你

…………

扑哧！伫立在公交停靠的间隙，我听见启开雪碧拉环的奇妙声音，柠檬味的芳香扑面而来，晶晶亮，透心凉。夏天，开了冷气的罐头公交是我最愉悦的秘密基地，然而秘密指的是另一个他。

白色便携式耳机环绕在耳边，一件淡绿色的休闲西装配着卡其色的拼接九分裤是我的最爱，他的脸我不敢看，朦胧般的对视充满诗意，而我失忆了。等到我醒来，罐头公交已经过站，我错过了自己的站点，一个同样满面皱纹的男人却坐在了我的身边，我的秘密是他，氧气男人，呼吸都显得愉快。

"谁在乎歌声背后曾爱过的你，仍渴望歌中每节都可抱紧你。"

他对我说："你听的是《没名字的歌，无名字的你》。"

白义和我

白义彻底爆发了，他对着白富美大吼："你有完没完，我高中不想谈恋爱，我也不想你老跟着我！""你终于说话了，只要你和我说话我就感到很舒服……"白富美这样说着，白义彻底无奈了……

1

我居然要结婚了，这是我不敢想象的结局，在我和白义同居了三年以后，他竟意外地带我去拍了婚前写真。我穿着中式红蓝相间的复古服装，看着摄影师痴痴地傻笑，咔嚓！这不是梦，因为第三天那些照片就挂在了电视机的正前方。

2

和白义第一次相见是在合城公园的小湖旁，郁郁葱葱的柳树迎着湖水涂抹了一整片绿茵。我记得那张忧郁的脸，一个身穿黑色西装、脚踏板鞋的男生在角落里默默哭泣。我在这片公园晨跑已经很多年了，第一次看见这张陌生的面孔。出于对男生的好奇，我凑上前去注视着他，也许是心有灵犀，他也回头望向我。我欣然一笑，拽起他的衣角就往草坪上跑。白义跟着我，在朝阳的照耀下，泪水如蒸气挥发在了光辉之中，新鲜的氧气弥漫在笑声里，我们大口呼吸，大口喘气，直到身体疲惫不堪，卧倒在草地上。

这时，他才对我说："分手就分手，有什么大不了！"原来小男生失恋了。

3

如果你热爱晨跑，一定要经过这片公园，对于少数人来说，这里是钢铁都市里最后的净土。形形色色的感情交织在公园的柳树、柏树、松树、梧桐树上。那些不是树叶，是生活与梦想的延伸。

凌晨五点半，有个留着鲁迅胡子的大叔必会带他五六岁的儿子出现在一块有些斑驳的粉色岩石旁，大叔唱着黄梅戏，而小孩则会吹起丧心病狂的萨克斯风。起初是难以忍受的，但是最近似乎有些长进——我说的不是大叔，他唱的黄梅戏依然非常糟糕。

凌晨六点，这个时间是大爷大妈们出没的时间。你完全搞不清楚他们之间到底是什么关系，我曾一度以为秃头的干瘪老汉是一个臃肿得有些像苏珊大妈的老太太的另一半，恐怕是我错了，因为他俩虽然夜晚时常跳交谊舞，可白天却又各自换了个玩伴。有的在公园一角的健身器械上锻炼，有的在环湖散步，但是偶尔一个小动作，还是能看出他们微妙的关系。这是个秘密，我不会告诉你他俩早晨如果迎面走来，必然会悄悄互拍一下对方的屁股，我绝对不会说出去的，我向婚姻法发誓。

凌晨六点三十五分是白义出没的时间，上一次相识，已经是三个月以前的事情了，他开始偶尔出没在这片公园里，有的时候是来晨练，有的时候是来见我，他似乎很喜欢我们这样的关系。我是他的秘密朋友，却总要被迫听许多和他有关的故事，作为交换条件，我能得到一份免费的早餐，可他却总是牢骚埋怨直到中午，对于他不包午饭这件事，我觉得自己吃亏了。

4

　　白义简直就是个绿巨人，他上段感情满足了可以在微博"我的前任是极品"上投稿的各种槽点。毫不夸张地说，这个故事可以卖钱，我决定把他记录下来：白义是个小三。

　　简单来说他是"被小三"了。他的前任是一家知名 4A 广告公司的总经理，笼统地说是个霸道总裁白富美。白富美是白义高中时的初恋，他说自己学生时代是个校草，棱角分明的脸曾经斩断过无数少女的痴情梦。我抬起头望了望小腹隆起、满脸横肉的白义有些不屑，但还是任由他继续讲下去。

　　白富美是长得很像张艾嘉的女人，浑身有一股倔强劲儿，她从学生时代就敢于挑战权威。她是学霸，同时也是谈恋爱的高手。白富美早晨总是在白义的桌子上放一盒优酸乳外加一个卤蛋，这也许是高中时代最好的营养搭配，如果白义不领情，到了放学时，她就会出现在白义的班级里堵他。刚开始白义是非常抵触的，对于一个校草来说，最厌烦的莫过于被女同学纠缠了，但是无论白义如何骂她，赶她，白富美都依然跟到底，从不退缩。白义去网吧，她就开一台机子在边上安安静静地看他玩游戏；白义去小区打球，她就买一整捆汽水犒劳他的朋友；白义去约会其他女孩子，她就主动买单，决不让白义付钱。就这样直到有一天白义彻底爆发了，他对着白富美大吼："你有完没完，我高中不想谈恋爱，我也不想你老跟着我！""你终于说话了，只要你和我说话我就感到很舒服……"白富美这样说着，白义彻底无奈了。

　　他们终于该死地恋爱了。

5

早恋的爱情故事在成年人的世界里是绝对不允许成功的，现实里往往也是一样。直到白义再一次遇见白富美已经是五年以后，白富美在父母的公司里挑起大梁，而白义成为她的下属。

刚进公司的时候，白义不知道白富美就是霸道总裁，他以为大家都是同事，白富美开着一辆运动款的 POLO 载白义去公园游玩。大蜀山脚下，小湖环绕，柳树依依——就是我喜欢散步的这片公园。白义听白富美说着高中时代的爱情故事，听她说那些年是如何忍辱负重地计划着追求他。原来白富美生来倔强，她曾写下一整本日记，每一篇都是关于白义的故事，上面记满了白义的名字，记满了白义喜欢做的事情，更记满了白富美一定要和白义在一起的决心，白义被感动了，他们又重修旧好。

本该是迎娶白富美，出任 CEO，挑战人生巅峰的老套路线，却变成了白富美出任 CEO，大战高富帅，挑战白义底线的撕逼大战。

在交往一个月后，白富美向白义摊牌了，她是公司的总经理，她希望白义能够在不影响工作的情况下与她恋爱。奔驰、宝马、玛莎拉蒂是白富美的最爱，白义是副驾驶的盆栽。一切仿佛都往美好的故事里发展，但是白富美其实早有婚约，父母为她安排的相亲对象是某家电视台台长的儿子。白富美本就应该和高富帅在一起，白义不过是高富帅出差在外的替代品。他在豪车的副驾驶座椅下面发现了用过的安全套，白义是一棵绿油油的盆栽。

他去了那片公园，却没有胆量投湖自尽，他遇到了我。

6

白义换了新的工作，断断续续几年里我们一起在这片公园探讨人生的哲学，他只花了三年的时间，从二十来岁的青葱小伙长成了满脸胡须的丐帮帮主，酷似安河桥下暗恋董小姐的宋冬野，这是外人对他的最佳感观，而我也成了他的亲密室友。

同居了三年，我的身材大不如前，也开始越发臃肿起来，但白义和我的关系却越发亲昵。我之所以变丑，一定是和他有关，书上说你朋友的朋友的朋友是胖子，你就会变胖，这叫"三度影响力"，而互为朋友的两个人，如果其中一个变胖了，另外一个发胖的风险是原来的三倍！我不禁感叹"桃花潭水深千尺"，胖子我们绝交吧……

总之，白义终于走了出来。

7

我的生活因为和白义的交织发生了许多不可想象的故事。我们之间出现了第三者，白义已经连续两个礼拜没有按时回家了，我每晚都在家里等他，可是他总是晚归。每次回来，他总是唠叨着一个女性的名字，那个叫静静的女孩特别喜欢我，但不管她是谁，她又如何关心我的近况，我的内心始终是崩溃的。我不想见静静，因为我怕失去白义，我们在一起已经三年了，如果不算同居，我们认识也有五年了。

可我最终没能逃过命运的折磨，居然要结婚了。

8

三天后，电视机前挂着的照片是略带风骚的我，我承认自己是妖娆风韵不减当年的老黄花，但是我仍然感到担忧。时间一天天逼近，那个叫静静的女孩终于闯进了我的世界，她和白义在我和他睡过的沙发上嬉笑打闹着，电视里有个叫范晓萱的女孩子诡异地唱歌。

静静是个有着"合城范冰冰"美誉的女汉子，白义看她的时候目光流转，而我正欲吃醋，白义却一把抱起了我。我娇喘了一会儿终于在他怀里坐定，那个叫静静的女孩拿起一张照片挂在了我家的电视机前，就在我那张照片的旁边，我看见了一只威风凛凛、气宇轩昂、恍如雕塑般俊美的西伯利亚雪橇犬，一席中式红蓝相间复古服装与我在照片里的打扮一样。

我是一只流浪的中华田园秋田犬，耳边响起："管它什么音乐，每天都是情人节、圣诞节、欢呼的庆典。"

如果我没有尿床多好

我们恋爱了七年却怀念同一个清晨的太阳雨，我说："你让我相信有命中注定，而我很高兴认识你。"

1

十六岁那年，我在卫生间里藏了一个秘密。

推开卫生间的窗户，吸一口清晨的空气。早上六点十一分，是我清理衣服的时间，没有任何人能打扰，我努力让自己看起来像一个严肃的人，每一次洗漱都像一场仪式。

中午一点二十五分，父母准备出门，我一个人守在卫生间的窗前，迎着微风吹干我用飘柔洗过的头发，显得格外精神。那一刻我认为我是这个世界上最酷的男人。

下午两点三十分，我准时坐在教室第六排靠中间的座位上，她对我说："你头发好香啊！"我故作镇定地撩起刘海，小声地说："没差啊！好好听课。"

我在卫生间里藏了一个秘密，她总是经过我家卫生间那扇窗户正对的路口，而我总爱偷看她。

橙子，她是我的同桌。

2

遇见橙子的时间要追溯到高中一年级，那天晚上电视里在放李保田演的《宰相刘罗锅》，乾隆皇帝是个无良的浪子，四处寻花问柳，后宫正为选妃忙得热火朝天。一个容嬷嬷似的女人正在检查秀女们的身子，你能看见那些巍然挺立的双峰呼之欲出，我笑得花枝乱颤。"把衣服脱掉！"嬷嬷严肃地对一个颇有几分姿色的秀女说道。"对，赶紧脱掉！"我双手捂住了眼睛，透过指缝偷看，父亲一个巴掌扇了过来，吼道："滚回去睡觉！"然后我经历了一段奇异的旅程。

那是一个不可以说的噩梦，在浩瀚无际的大海上，有一叶扁舟划向远方，四周是广袤无边的黑暗，连星星月亮也都藏了起来，船头有一个戴着斗笠的人影正在眺望远方，他好像是在指引前方的路，船里有盏灯，还有一个女人，虽然看不清容貌，但你能从她曼妙的身姿一探究竟。我试着喊了喊船头的人，没有回应，我猫着身子躲进船里刚想小憩一下，那个女人却坐在了我的怀里，无比硕大的前胸抵住了我的嘴巴，令我无法呼吸，我试图甩开她，却被她死死摁住。然后，她居然开始脱我的衣服，"脱掉吧，脱掉吧！"女人的呢喃让我浑身酥麻。我猛一用力，直起身子正要跃跃欲试，船头的人影突然出现在我面前，"滚回去睡觉！""卧槽！爹？！"我吓得猛然清醒，裤裆里一片湿润，我他妈尿床了。

蹑手蹑脚地起身已经是凌晨六点，父母还在熟睡，我在卫生间里以肉眼不可见的速度搓洗着内裤，由于过分用力，内裤居然被我给搓！破！了！

我先是一怔，接着一个激灵打开了窗户，随手扔出了一个美妙的抛物线，内裤如绽放的烟花登上了顶峰，然后迅速落下展开如一面旗帜，又像是一朵降落伞，它就这样悠悠然然地掉落在了正从路口经过的橙子身上，卧槽！准确地说是她的脸上，居然有9分——我说的是她的颜值。

我发誓我当时果断地关上了窗户。

3

我每天都会在清晨偷偷爬起来待在卫生间里洗漱，六点十一分是她早上跑步经过的时间，偶尔没有出现，但中午一点二十五分她一定会从这里路过，因为她和我一样是六十五中的学生。

我试图让她注意到我，因为我确信那一天她并没有看清这栋楼里到底是谁扔的内裤。橙子确实注意到了我。高一分班考试她被分到我们班里做了我的同桌，她说："很高兴认识你，你是不是住在东风小区7号楼？"

我略有尴尬地说："你怎么知道？"

橙子同样尴尬地说："噢，我有个亲戚住那儿，你对四周的邻居熟吗？"

橙子有段时间经常绕着7号楼走，偷偷观察是哪一个变态乱扔的内裤。我哪敢拆穿她，只好尴尬地不断点头回应她的各种询问，总算是逃过了一劫。

4

明媚的清晨伴随着燥热的蝉鸣开启了一整个夏天，而我见到了最美的太阳雨。前一秒还是湛蓝的晴空，后一秒已是雨水倾注。彩虹倾泻下来，携带着色彩斑斓的雨点，点缀着还未苏醒的梦。

橙子蹲坐在 7 号楼的角落里躲雨，而我带着伞，下了楼。

我们一起擦过高中的黑板，经历过高考密集的题海作战，走过大学校园里陈旧的宿舍楼。我们一路奔走，一路迷茫，携手步入社会的十字路口，走进不同的城市，来到不同的写字楼。我们恋爱了七年却怀念同一个清晨的太阳雨，我说："你让我相信有命中注定，而我很高兴认识你。"

橙子来到了我的城市，我们又为了彼此的未来努力在了一起。"我从未感到过如此幸福，只因你来到我的城市。"这是那一天我写在日记本里的小事。

"我们结婚吧。"

5

在结婚的前一晚，橙子要我骑着摩托带她去兜风，我们沿着高速一路向北飞驰。她坐在后座，突然伸开胳膊大声问我："王也你爱我吗？"我戴着摩托帽听不清她在喊什么，我说："你说什么？"她又喊："我想永远和你在一起！"我拧着油门闯进了婚姻的殿堂。

橙子总是舍不得买好看的衣服，昂贵的化妆品，她也总是劝我不要在外面吃饭浪费钱。她全副武装在菜市场里厮杀，在百货超市里作战，为我料理一切的生活。即便是结婚，她也没有要求我举办仪式，我在婚纱店里指着一件婚纱说："那婚纱总得买吧！"她笑着摇了摇头，领我离开了店。

我们领了证，而我什么都没有给她。

6

我们用所有的积蓄开了一间炸鸡店。橙子知道我喜欢写作，她不让我管店里的事情，她说大男人有梦想就该去拼搏，不要窝在一个小地方委屈了自己。

我尝试写了三年，但是杂志社屡投不中，更不用说出版社了。在这段难熬的时光里，唯一让我感到欣慰的是我们迎来了一个新生命。我们有了自己的宝宝，家庭的负担开始加重，炸鸡店的生意也一年不如一年，城市里的店面一家跟着一家倒闭，换了一茬又一茬，而橙子还在苦苦支撑。我觉得自己有义务为家里分担点儿什么了，于是我背着她偷偷去学了厨艺。

一次意外让我切伤了自己的左手，橙子抱着孩子赶到医院来看我。我以为她会骂我没出息，但她只是温柔地坐在我的身边，对我说："你要相信自己，我们能挺过去的，厨子满大街都是，但是作家却寥寥无几，你要做伟大的事情，不要为家庭担忧，你要相信我。"我默默地看着她坚毅的眼神，第一次忍不住像个孩子一样哭了起来。

第四年，我终于成功了。我的书被一家台湾出版社看中，卖了二十万本，我们终于还清了贷款，有了属于自己的房子。

7

孩子一天天长大，高中之后是大学生活，他离开了有我和橙子的城市去远方上学。这一年，我的母亲也离开了我。四十不惑，五十知天命，我知道留给我们的时间不多了。

在母亲的葬礼过后，我来到酒吧喝酒，感慨人生。三五个老哥们儿叫了一帮小姑娘为我开青春派对，找寻年轻时逝去的荷尔蒙与性欲。

白色的胴体，扭动的身躯，刺鼻的酒精，几个老东西人不像人鬼不像鬼。橙子给我打电话催我回家，我脸面无光，挂断了电话，没多久儿子又打来电话，他说橙子在来接我的路上出了车祸，被120接走了。我此时才幡然醒悟。于是，橙子与我共同走过的青春便在眼前一幕幕地倒放，是我愧对了她。

在赶去医院的路上，我匆忙地闯进一家婚纱店，买了最贵的婚纱，附近的人都以为我是疯子。还好医生说她已经脱离了生命危险，只是以后怕是没法独自走路了。

我独自一人抱着婚纱坐在病床前守着沉睡的橙子，给儿子打了电话让他不用急，没有什么大碍，学业要紧。之后我陷入了深深的懊悔。

"老伴啊，我错了，我会永远和你在一起。"那一夜，我不断地默念着这句话，直到橙子醒来。

8

清晨，我用尽了所有力气推着轮椅带橙子爬上山头看日出，她穿着我买来的婚纱，头纱罩着她好看又慈祥的脸。我们仿佛又回到了十六岁的那一天，我站在卫生间的窗前，望向她那惊为天人的脸。

我说："老伴啊，我这一辈子没有对不起父母，没有对不起朋友和孩子，却唯独对不起你。结婚前的那天晚上，你问我爱你吗，我假装没有听见，我以为我会是一个很酷的男人，永远和你在一起，但我始终没有对你说那三个字，因为我觉得这太矫情。可是到了今天，我们走过了那么多年，父母已离我们而去，孩子也已长大成人，如今我们垂垂老矣，我终于有资格说这句良心话，对不起，我爱你。"

橙子目不转睛地看着我，枯瘦却温暖的掌心轻轻拍打着我扶在轮椅上的左手，她摩挲着我左手手背上日渐消逝的刀疤，淡淡地笑："我就知道你逃不出我的手掌心。"

　　远处，湛蓝的晴空下起了忽明忽暗的太阳雨，色彩斑斓，一如往昔。山顶大树的亭子底下，有两个年轻人在唱着庾澄庆的歌：

　　　　忽然大雨我们有缘相遇

　　　　你也在这里被雨淋湿

　　　　小小的屋檐就这样变成你我的伞

　　　　萍水相逢我们还很陌生

　　　　你说人和人有一种缘分

　　　　很像晚风轻轻吹拂街上人们面容

　　　　那么轻松

　　　　你让我相信有命中注定

　　　　你问我雨后可有彩虹

　　　　这样的大雨这样的相遇

　　　　你很纯真我被打动

　　　　…………

　　橙子走了，在一场滂沱大雨的午后，安然地离开了人世。儿子问我为什么不哭，我笑着说："一切都是命中注定。"

　　葬礼结束后，儿子让我卖掉房子搬去他所在的城市生活，我拧不过他，收拾了行李。临行前，我整理了橙子的衣柜，在她走后的时光里，我没有动过她的东西，我怕她万一哪一天回来了不习惯。直到我准备带上几件东西留作念想时，我才在一个陈旧的鞋盒里发现了十六岁那年我扔到卫生间窗户外的那条内裤，还有一张字条，字条上几个颤颤巍巍的大字历历在目："王也你这个大！变！态！我就知道你逃不出我的手掌心。"

橙子你这个浑蛋！我说过我不会哭，可是这一次我再也忍不住了。

9

我曾见过最美的太阳雨，前一秒还是湛蓝的天空，后一秒已是雨水倾注。橙子蹲在7号楼的角落里一个人躲雨，而我下了楼，带着伞。

那天后没有再见过你

但每次遇见这样的大雨

我就会想起你笑着说

嘿，很高兴认识你

"我知道你唱的是庾澄庆的歌，叫'命中注定'。"

"我带了伞，要不我送你回家吧。"

"好啊，不过我还是想听你唱完这首歌。"

人的心中都有个孩子

特别容易和纯真接近

奇怪的是地球几亿几千万个人

我特别想你

"老伴，我特别想你，如果那天我没有尿床，是不是你就不会离开我？"

有缘人无处不见

这个世上有一种选择，叫生离死别都不能再见的缘分，而这个世上还有一种选择，叫旦夕祸福有缘人无处不见。你我有缘，我选择旦夕祸福有缘人无处不见。

1

古人说，百年修得同船渡，千年修得共枕眠。现代人说，前世千百次的回眸，才能换来今生一次的擦肩而过。我不知道这些话的真假，但假如是真的，那陈君鹏小朋友岂不是在我的世界里横行霸道了整整上下五千年。

五千年里不厌其烦地抛媚眼，五千年里不厌其烦地勾肩搭背，还有五千年里不厌其烦地乘船同渡……我不敢往下想，那换来的一定是我五千年里的彻夜难眠！和一个恶魔同床共枕？更何况是五千年！我一定是疯了。绝对！不要！我艰难地从梦中醒来。

陈君鹏是我的克星，他是大人口中的熊孩子，合城话说就是B侠们！我和他有缘，而且我怀疑是孽缘。

2

他是小学生，在网游英雄联盟里令人闻风丧胆的小学生，他今年十二岁，有个特殊的身份，全合城最年轻的街舞专家，没错，他还是个跑通告的烂俗艺人，官方认证，德艺双馨。

我们初次见面是在第三季《中国达人秀》的舞台上。那一年他九岁半，我在地方电视台工作。当时台里和东方卫视合作，在整个省市举办了几场《中国达人秀》的选手招募赛。我是一名《中国达人秀》的工作人员，说真的，我很敬业。但我讨厌小孩子，特别是遇到了小学生。

当时，台里为活动做了许多准备，我被分到管理组，专门负责选手的入场出场。我们有四队选手，我这队是全宇宙最最难管的，同事们戏称为"全明星阵容"，以下是队里成员的排名情况：

No.4 恋母情结极其严重的二十八岁老男孩，正满脸娇羞地握着他妈妈的手，不忍分开，他们要合唱一首老情歌。

No.3 黑社会大姐大双臂爬满文身，带着一票儿烟熏摇滚大妞正在台下凶神恶煞地压腿，看似准备跳舞，但却更像是来打群架的。

No.2 小城镇里跋山涉水，千里迢迢赶来的富二代流浪歌手，他穿着满是窟窿的破旧牛仔裤，手拿一把金色的吉他，动不动就和边上的美女搭讪，口里振振有词，我这是金子做的，小姐约吗？

No.1 小学生，陈！君！鹏！

我不是吹牛，要论管理人员，我以前好歹也是念过工商管理的大区销售经理，熟练使用SWOT技能，秒杀一切风险，但是我还是低估了小学生，低估了一个舞术卓绝、活蹦乱跳、四处通告、德艺双馨的小学生。

他是我梦魇的开始。

3

"你叫什么？"陈君鹏站在我跟前很大声地说。

"叫我王老师。"我亲切地回答，语气轻柔，活像一个狼外婆。

"从今往后你就是我的经纪人了！"陈君鹏霸气侧漏，队里的选手都乐呵呵地看着我。

我一个趔趄，说："好，我答应你，但你不要乱跑，一会儿要出场了。"陈君鹏听话地点了点头，然后径直走向了评委席，大大方方地坐在了台长的位子上。我的天呐！这是要掉脑袋的啊！！我惊恐万分地爬上评委席，指着陈君鹏怒道："你不是答应我不乱跑吗，还不赶快下来。"陈君鹏一脸疑惑地说："王老师，我没有乱跑啊！难道评委不是坐在这里的吗？你不是说马上到我出场了吗？我来彩排一下，提前好有个准备。"我顿时傻眼了，不知该怎么回答他，还好他的妈妈匆忙赶来，替我解了围，我恨恨地瞅了他一眼，决定再不去理他。

正式比赛终于开始了，陈君鹏跳的是霹雳舞，一种复古街舞，当他用头顶着地板，倒立着做了七百二十度的旋转时，台下掌声一片，我知道这是肯定拿三个 YES 的节奏。美女主持拿着话筒蹲在陈君鹏的身前，胸前的小白兔若隐若现，我们伸直了脖子，恨不得学着评委意味深长地发问："你来自哪里？你为什么喜欢跳舞？你的梦想是什么？！"

"我叫陈君鹏，合城小学四年级的学生，我在这里跳舞全都怪我的经纪人王老师，我是来做评委的，但他偏要我来表演节目，我要开除他！"陈君鹏站在台上伸着指头指向我，七八道光束灯打在了我的身上，晚节不保！年终奖没了！可能晚上的盒饭也要被导演没收吧！我和你有什么仇什么怨啊！！我泪流满面，评委们乐了。

陈君鹏获得了那一场比赛的第三名，我终于再也不用见到这个小鬼，那一晚我抱着舞台监督李主任在小饭馆里哭泣，我说："以后再也不要让我带小学生了。"李主任说："下次安排你做美女主持的助理。"我红着脸，羞涩地笑了。

4

《中国达人秀》的招募赛在 2011 年的尾声圆满结束，我们迎来了 2012。有谣言称这一年是世界末日，我不放在心上，因为我的世界末日已经过去，我终于可以再也不见陈君鹏了。但我还是太单纯了，缘分这种东西就像是你的老婆，他们都有一个共通点，那就是绝对不会讲道理！绝对！不会！我又见到了陈君鹏，很多很多次的见面。

2012 年 3 月，我在《合城第一家居》拍摄家居样板间，里面摆放着地产商细心挑选的家庭亲子照片，用一个大大的相框裱在了客厅的正中央。这是一张合照，慈祥的父亲西装笔挺地站在草地上，他挽着自己温柔可人的另一半，宠爱地望着草地上玩耍的儿子，他头顶着地，身体倒立，正在做旋转！果然是陈君鹏，我吓出了一身冷汗。

2012 年 6 月，合城电台故事广播有一档晚间节目是给小孩子讲故事，我有天加班到很晚，下班后随手打了一辆出租车，屁股还没坐热，就听到车载广播里传来一个熟悉的声音，主持人问："陈君鹏你现在已经很红了，将来长大了怎么办？"陈君鹏说："我还不算很红，你愿意做我的经纪人吗？"我一口气没咽下呛了气管，吓得出租车师傅出了一身冷汗。

2013 年 2 月，我因为私事辞去了电视台的工作，在一家外企英语培训学校上班，那是个非常有名的学校，一学期要五六万元。我已经渐渐遗忘了电视台里的那些往事，很多同事也都不再来往，但我还是没有逃过缘分，没有逃过陈君鹏，因为他已经准备小升初了。

他家里花巨资供他来读英语培训学校，还是合城最贵的，于是我们又见面了。他从来不读书，每天在小班课堂里头顶着地，身体倒立，旋转七百二十度。我忙得焦头烂额，因为我是他的班主任老师。

5

陈君鹏的妈妈很喜欢我，她经常在我的办公室里感叹人生无常。缘分这个东西真可怕，她看看我，小声地告诉了我一个秘密。她说她还有个女儿叫陈雪琪，今年十八，要介绍给我做女朋友。我一本正经地拒绝了她，不是因为她吃光了我办公室里所有的零食，而是因为我确实害怕缘分，害怕和陈君鹏的这段孽缘会一直陪我走到最后。我成了他的姐夫，那岂不是每天都得对着这个小舅子？绝对！不要！直到有一天陈君鹏来到了我的办公室。

"王老师，我能求你个事吗？"

"你说，我听着。"

"班里组织了一个故事表演，你能教我表演吗？"

"没问题。"

"太棒了王老师，以后我出名了，你能一直教我吗？"

"恐怕不能一直教你，你会很快长大的，很多年后你会忘记我的。"

我随口说道，想象着远离陈君鹏这个小恶魔的快乐时光，不自觉地催促着这个小家伙快点离开我的办公室，但是陈君鹏却哭了，哭得很没有道理。

他哭着说："王老师你不要离开我，我不会忘记你的。妈妈给我办了六年的英语教程，我小学在这里读英语，初中也会在这里读英语，高中也仍然在这里读英语，我不会忘记你的王老师，就算长大我也不会忘记你的，王老师！呜呜呜……"

没有一点点防备，也没有一点点顾虑，陈君鹏的哭声就这样飘荡在我的脑海里，摧毁了我所有的铠甲，也戳穿了我独自坚强的伪装。豌豆大的眼泪噼里啪啦地打湿了我的领子，流淌进我的血液里。

我想起了从小到大的玩伴，从一群人变成了一个人；我想起了当年暗恋的同桌，从无话不说变成了形同陌路；我想起了远在他乡的初恋女友，分手了却没说一声再见。

我抱起陈君鹏，用袖子擦干了他的眼泪，我说你不要哭，这个世上有一种选择，叫生离死别都不能再见的缘分，而这个世上还有一种选择，叫旦夕祸福有缘人无处不见。你我有缘，我选择旦夕祸福有缘人无处不见。

有缘人无处不见。

赶路人

葛飞不喜欢现代文明，他不喜欢用手机联络，纸质的信封才更有质感，更有灵魂——这浑蛋还在梦想里逃亡，病得果然不轻。

十万八千里路上，沙漠掩过骸骨，黄昏洒满青天，脉搏里的血液涨开在峡谷。默默点一根香烟。有人从西藏归来，怀抱了自己的信仰；有人在云南买醉，抚慰了自己的灵魂；有人为邂逅买单，透支了自己的身体。一场说走就走的旅行是渴望与解脱的无限救赎。

葛飞正在做一件伟大的事，他是我为数不多的不正常朋友之一，他不喜欢科学，不喜欢教育，不喜欢现代文明所带来的一切道理。

他说："现代全都是他娘的狗屁！谁送我回古代？"

我说："你先吃成个胖子，然后上33层跳楼，如果你足够重，重力加速度会让你以光速突破四维空间，然后你就穿越回古代了。"

他一脸茫然地说："如果不够重呢？"

我沉痛地说："那就变成死胖子了。"

葛飞并不是排斥所有的现代文明。在一间昏暗的录影棚里，唯有一物是他毕生钟爱——一部高清数码摄像机。它静静地躺在略有年代的挎式背包里，葛飞只有在扛起摄像机的时候，才像一个活生生的现代人。

他是一名婚礼摄像师，也是一个赶路人。

葛飞游走于城市间，仿若游侠，好似过客。他喜欢在陌生的城市逗留，接五六个婚礼摄像的小活，直到攒够了盘缠就赶往下一个城市。合城是他走过的第十七个城市。

我们在一家昏暗的小饭馆结缘。我们都是络腮胡，他比我更像马克思，我们祖上都是闯关东，我点了四两水饺，他要了二斤牛肉，我们喝了三斤白酒。

葛飞说："我要拍遍祖国大地十万八千里的新娘，制成一部当代新娘旷世合集！"

我说："我要泡遍十二星座所有的美女，最后集齐在 KTV 的总统包间里呼唤神龙！"

葛飞说："你他娘的有病！"

我说："你也病得不轻。"

那一夜，葛飞抱着我的大腿，我抱着葛飞的摄像机，我们在宾馆里把酒言欢了一夜。我能听见葛飞不停地抽着鼻子，在梦里不断地哭喊："三！二！一！"我翻身斜踹一脚，正中他的命根子，总算是止住了叫声，但葛飞却哭得屁滚尿流，最后哭累了才沉沉睡去。这真是难忘的一夜，他果然已病入膏肓。

蹒跚着从梦里醒来，葛飞已经离开，今早有人结婚，他在追逐伟大事业的航线上从未有过一丝松懈。我佩服他的敬业精神，同时为昨晚的那一脚感到抱歉。可他却并没有放过我，不仅霸占了我赖以生存的出租屋，而且还和我的房东陈冲聊起了人生和梦想，最后还偷吃了陈冲为我做的红烧鱼，简直比上床还要肮脏。于是我霸占了屋里唯一的厕所，他才堪堪求饶，答应我不再聊人生和梦想。我说，还有红烧鱼。

在习惯一个人讨生活的日子里，我很久没有笑得这么肆无忌惮，也从来没有这么飞扬跋扈过。

　　葛飞已然成了一位行为艺术家，他除了做婚礼摄像，所有的时间都用来解放天性。他嘲笑所有的电视节目，说："电视台都被光头包了吗？"他嘲笑所有的行为准则，在阳台上赤裸着下身晒太阳，他说："人应该回归自然，我们为什么要穿衣服，为什么要做不喜欢的事情，为什么要埋没良心说连自己都不相信的谎话欺骗着所有人！"我说："并不总是这样。"他鄙夷地看着我，然后摇头、呐喊、翻滚，在小区里继续裸奔，最后被派出所的人民公仆拘留了二十四小时。我在派出所保释他，说："大家讨厌你倒是诚实的，有时诚实得可怕。"葛飞无奈地说："真理是强权的敌人。"

　　葛飞走了，他攒够了去下一个城市生活的盘缠，和我做了简单的告别。他说他会完成这部"新娘合集"，叮嘱我也一定不要放弃梦想，我说："你知道我的梦想是什么吗？"他说："集齐十二星座女友，呼唤神龙啊！"我说："你他娘的有病！"他给了我一拳，我给了他五百元路费，我们从此两不相欠。

　　"十万八千里路上，沙漠掩过骸骨，黄昏洒满青天，脉搏里的血液涨开在峡谷。默默点一根香烟。有人从西藏归来，怀抱了自己的信仰；有人在云南买醉，抚慰了自己的灵魂；有人为邂逅买单，透支了自己的身体。"这是葛飞在拉萨给我寄的明信片，里面的每一句话我都记在了日记本里，相隔一年，两年，三年，我总能收到他的消息。葛飞不喜欢现代文明，他不喜欢用手机联络，纸质的信封才更有质感，更有灵魂，我想起葛飞对我说的话，摇了摇头，嘴角掀起一丝笑容，这浑蛋还在梦想里逃亡，病得果然不轻。

葛飞说得没有错，现代文明果然可怕，葛飞的妈妈通过人民公仆找到我，她告诉我葛飞是离家出走的废货，是个软蛋。他曾是京城一名顶尖的婚礼摄像师，但却在一场盛大的婚礼上爱上了摄像机镜头前的新娘子。爱情是神秘而伟大的，伟大到绝无道理可讲，伟大到撕心裂肺，痛彻心扉。葛飞和新娘子素不相识，却对她一见钟情。在双方父母的见证下，在八九十桌亲朋好友的注视中，他们生不逢时。人生的际遇没有早一步，也没有晚一步，他们步入了婚姻殿堂，但新郎不是葛飞，他只是个摄像的。

葛飞沉默了，然后炸裂了，然后他微笑着对新郎和新娘，还有参加婚礼的所有人高喊："三！二！一！"镜头录完的最后一刻，葛飞出离奔走。

一部当代新娘旷世合集在葛飞的摄像机里还在上演，他要拍遍祖国大地十万八千里的新娘，或许是十万八千个，或许还要更多，又或许只有一个。最美的新娘，在最后等他，一场说走就走的旅行，是渴望与解脱的无限救赎。

钟 情

山高水长你别闹，后会有期走着瞧

　　我承认无法把你忘记，就像你一定也对我刻骨铭心，我曾经讨厌过你，也曾经憎恨过你，可我终不能否认我确实喜欢过你。

陈冲的爱情

我啧啧称奇，给陈冲留了一个评论："旅途可以山路十八弯，但良人却总在终点等你。"陈冲回我："千种生活虽跌宕起伏，却不敌身前一尺之地。"

1

和我并排坐在沙发上的女孩叫陈冲，她晚上睡前要做三件事：与赘肉决斗，跳郑多燕减肥操；脸上抹四种护肤品，对着镜子扮演自恋狂魔；最后敷一脸鬼见愁的海藻泥与我聊天。

她不是我的女朋友，她是我的合租室友。

2012 年，因为穷，我们聚集到了一起，我们都活在合城。

合租几乎成了穷的代名词。有钱的少爷是不会和抠脚的大汉困守在一处捡肥皂的。我的傲娇容不下我，陈冲收留了我。

她是在网上联系我的二房东，本以为是场巫山云雨的激情邂逅，但看着满屋子容不下男人与狗的垃圾，我果断放弃了这个念头。

她是女文青陈冲，不是影视圈里一脱成名的女明星陈冲，我有些懊恼，有种被骗的感觉。我失去了一个恋人，但却多了一个朋友。

2

陈冲在合城的一家设计公司上班，主要承接全国各地的产品包装设计工作，很符合她女文青的身份。每次出差她都会带稀奇古怪的小样给我，有的可以吃，有的不能吃。我们住的地方堆满了全国各地的高尖端样品，只要在义乌开店，我们坚信自己就是下一个贫民窟里的百万富翁。当然这不是她的主要工作，她的工作职能主要是加班，哦，对了，还有熬夜。她是个设计师。

我们真的要好好爱戴设计师，无论设计师提出什么惊艳绝伦的合理要求，我们都得给她一个热情的拥抱，然后告诉她，对不起，客户喜欢这样，你必须改。

"设计的精髓是什么？"我曾经认真地问过陈冲。

她朝我吐了口唾沫，大声地说："LOGO 要大！要很大！要非常大！"

我说："呸，你真恶心！"

陈冲说："唾沫确实恶心。"

陈冲确实是一个优秀的产品包装设计师，我对此深表同情，但我还是很讨厌她加班。

3

2012 年，除了在电视台打工，偶尔客串酒吧歌手以外，我还是个激情澎湃的吃货。让我破釜沉舟决定和这个垃圾制造者合租的重大因素之一就是陈冲的厨艺。

她有一道拿手菜，叫红烧鱼，全世界霹雳无敌好吃的红烧鱼。无论你在锅里下的是饺子还是到处乱丢的烂抹布，她都能化腐朽为神奇烧出红烧鱼的味道。我猜她祖上应该是卖鱼火锅起家的，陈冲告诉我，她祖上是卖鱼香肉丝的，我顿时恍然大悟。

　　第一次吃陈冲的红烧鱼要归功于她的初恋，她在高中没有赶上早恋的末班车。她和自己的同桌在同一所大学相遇，这一次她没有迟到。陈冲和初恋谈了两年，最后平淡分手，原因无他，初恋是一个理科生，而陈冲是一个文艺女青年，这样的日子能不闹心嘛！

　　还记得第一次见到她初恋男友时的样子，瘦弱，文质彬彬的白领打扮，穿一身休闲西装，皮鞋擦得油亮，伸到女孩裙子底下指不定能看见多少无穷的宝藏。

　　我喜欢这个男生，因为他的鞋子，当然他长得很朴素，朴素到我只记得一副银丝眼镜。我们坐在客厅里面面相觑，陈冲在厨房做红烧鱼，他递给我一张名片，"上海永华制药厂业务代表柯运"，想到自己当时也做了几年销售，于是我打开了话匣子，亲切地攀谈了起来。柯运是到合城出差，顺便来看陈冲。我们喝了点啤酒，晚上柯运进了陈冲的房间，而我吃光了所有的红烧鱼。

4

　　柯运在合城待了三天，临走时陈冲说去火车站送他，我以为这是要上演牛郎织女的生离死别呢，没想到晚上陈冲就又带回来一个男生。

　　这个男生和柯运截然相反，如果把柯运比作一只普通的家养秋田犬，那后进的男生应该更像是只牛头梗，嗯，长得很像孙红雷的那种狗。我有些诧然，陈冲对我眨了眨眼睛，我了然于胸，随手比了个"耶"，陈冲说我这是幸灾乐祸。我说我比的不是"耶"，而是两顿红烧鱼，陈冲白了我一眼，领着男生进了房间。

那晚我睡得很早，陈冲房间里发生了什么我并不知道，只记得屋外下了好大的雪，而冷风一刻都没有停歇。我起得也很早，早到碰见另一个男生提着裤子走出了陈冲的房间。

我这辈子都忘不了那只长得很像孙红雷的牛头梗，还有我面前的男人。这他妈还是昨天的男生吗？这分明就是一只西伯利亚雪橇犬，长得活像一只哈士奇的男人。我为秋田犬还有牛头梗默哀，我对陈冲这个女人肃然起敬，我绝对做不到一天和三个不同的男人上床，我毕竟是男人。

5

这是三个有故事的人，陈冲曾一边用鸡蛋清敷脸，一边告诉我。是的，又是晚上的面膜时间，她每天睡前必做的三件事。

陈冲说："秋田犬是初恋，但已过去；牛头梗是现任，但谈的是纯爱；哈士奇是情人，这是身体的本能。"我说："这都他妈是借口，你是吃着碗里的，想着锅里的，还他妈不许别人添饭！"我从此变成了一个作家，她变成了艺术家。

合城的冬天溜走了，溜得比快递还快。我网购的雪地靴还没有到货，春天已经到来。我因为工作的关系调到了合城的西面，从此与陈冲分道扬镳。走的时候她说要送我，我说："千万不要！我能听见有美女在呼唤我，呼唤我到她的碗里去！我可不想做一份剩饭。"

陈冲笑了，笑得很甜，她说："你像一只金毛犬，是家人的感觉，我舍不得你。"我愤怒地瞪了她一眼，说："你他妈才是狗，你全家都是狗。"我们开怀大笑。

这一别就真的是好久不见，我们再也没有打过电话。短信不发，微信不聊，就连最骨灰级的 QQ 也不联络。她的头像始终是灰的，而她的样貌却越发明亮，我越来越想她，想念她的红烧鱼，想念她敷面膜的样子。其实陈冲长得很好看，赵薇的眼睛，林嘉欣的脸。

直到分别以后的第三个圣诞节，陈冲难得一见地更新了 QQ 相册。我看着 QQ 相册发懵，陈冲笑得很甜蜜，身边一席西装的男人长得活像一只家养秋田犬，他是柯运，陈冲的初恋，也是她的老公。我啧啧称奇，给陈冲留了一个评论："旅途可以山路十八弯，但良人却总在终点等你。"陈冲回我："千种生活虽跌宕起伏，却不敌身前一尺之地。"

女文青怀孕了，治疗文艺女青年最好的办法，就是送她一条祖传代码让她升级当妈妈。理科男就是理科男，我看着相册里站在陈冲背后一脸慌张的柯运，若有所思地想着。

其实第一次见柯运的那晚，陈冲的房间里什么声音都没有，柯运是唯一一个没有和陈冲上床的恋爱对象，直到他们结婚。

原来这个世界是有真爱的，只是有些人经不起命运的折腾，过程也许痛彻心扉，但彼岸总会到来。

等待，还是追逐？

南城爱情故事

南城有山陵，北海有河谷，东尽有日出，西沙有雨落。这是南城站台某个神秘的大妈对我说起的传说，但这些都不及韩四爷与何然在一起的故事，这是我在南城听到的最美的爱情……

1

你一定没见过赌神，但我见过。

那是在一个香烟弥漫，仅有十五平方米的酒店包间里，街上刺眼的广告牌已经亮起，住宿、棋牌、发廊此起彼伏，寂寞而又迷离。一个满脸清冷、无血无泪的长发男人闯入了我的房间，他安静地坐在包间的一角。你望向他，无论是何时何地，就算是在菜市场偶遇他，望着他都会产生一种惊奇的效果，周围的一切仿佛都变成了慢放镜头，菜摊子前后都是他的跟班小弟，买菜卖菜的大爷大妈们眼神都变得呆滞，望向他，有一种油然而生的豪气。那是天上地下唯我独尊的气场，他对我说："叫地主！"

"抢地主！"

"加倍！"

"不加倍！"

他是韩四爷。

刀光剑影，血雨腥风，江湖上恩怨再起，满城尽是烟雨飘摇，韩四爷是个狠人，三缺一从来都不是问题，韩四爷是我朋友的男友，也是我的牌友。

2

　　我与韩四爷是在一场并不梦幻的旅程里相识的，当时，我正独自一人坐在火车上去往第一个旅游站点——南城。

　　"南城有山陵，北海有河谷，东尽有日出，西沙有雨落。"在我迈出站台的那一刻，我遇见了一个神秘的老者，那是恍恍惚惚的灼热夏日，她一路紧跟着我，给我讲述了这失落却又彷徨的神秘传说。

　　"年轻人，有机会你一定要去看看！"

　　"我这手中还藏着那张神秘的藏宝图。"

　　那是一个略显臃肿的站台老大妈，草帽遮挡着高照的骄阳，毛巾擦拭着她脖颈间流淌的汗水。

　　"不就卖个地图嘛，您也讲究包装？"我哑然失笑，仍然大步流星地向前走着，不禁感叹世风日下，人心不古。

　　"酒店宾馆住宿需要吗？""年轻人一定要多注意身体！"大妈目露神光，而后对我神秘地笑了，仿佛在说："你懂的。"

　　"这是多么伟大而又朴实的大妈啊！"我心中顿起波澜，感动地说道："这地图我要了。"

　　出去旅游怎能没有地图，我花了五毛买了这张宝贝，大妈迅速招呼一个亚克西的小姑娘偷走了我的钱包。

　　高手在民间，我拨通了110。

　　来派出所接我的是我南城的女性朋友何然，还有她的男友韩四爷。

　　韩四爷是那种电影里经常自带出场音乐的男人，很像古惑仔里的陈浩南。他叼着苏烟，踩着拖鞋，身披一件黑色夹克出现在派出所的门前。

"哥，您受累了，这点小事儿哪用得着您操心。"

"这你朋友？行，带走吧。"

"好嘞！哥，您就是我的再生父母，我一定不给组织添麻烦，好好教训教训这小子，太他妈给我丢人了。"

韩四爷恶狠狠地瞪了我一眼，然后谄媚地和派出所的同志频频点头。

"他才是被偷的人！你是不是傻！"何然捏着韩四爷的耳朵破口大骂起来。警察同志急忙拉开了这一对活宝。

说来可笑，我们第一次见面，就这样热闹地相识了。

3

"抽烟不？"韩四爷说话了。

"戒，戒了。"我略显局促。

"会打牌不？"韩四爷又发话了。

"会一点。"我有些不安，但还是勉强附和着。

"那就来把 QQ 斗地主吧！"韩四爷特伟岸地长喝一声。

那是我记忆里最漫长的深夜，借着酒店包间里昏暗的灯光，我和一个并不熟络的男人住在同一间房间里。何然回家了，她让韩四爷留下来陪我，这里虽然只有一张单人床，但我们都是男人。

"何然是我高中里最要好的女同学，我们是在同一个画室里的美术生，高考前我们曾经一起集训过一段时间备战高考，所以特别熟悉，后来她考去了南城艺术学院继续深造美术，而我留在合城转学了计算机，我们就此分道扬镳。"

"嗯，我也是在画室认识她的。"韩四爷严肃地听我说着自己和何然的故事，不住地点头。

"你也是学画的？"我略有诧异地说。

"不，我是模特。"

"你这外形不像啊！"我打趣说道。

"裸模。"韩四爷岔开了双腿示意我他下面隐藏着巨大的能力，我决定这一夜再不去理他。

4

"你知道在'对不起'中间加上哪两个字最心酸吗？"韩四爷打趣地拿起手机和我讲起微博上的一个段子。

"对了，买不起？"我随意回道。

"对三，要不起！"韩四爷哈哈大笑，又打开了电脑点开了 QQ 游戏。

"你就不用上班吗？"我坐在沙发上疑惑地问道。韩四爷通宵玩着 QQ 斗地主，眼看着已经天亮了。

"我开黑车的，还没到上班高峰期。"

轰鸣的引擎声击碎了白日里的沉默，我坐在韩四爷的车里感受着南城的风光，当然还有沿路搭车的三两个路人，我居然做起了招揽客人的黑车助手。韩四爷说我长得老实本分，看上去不是很能打，我说我这是生得温文尔雅，你他妈看上去才能打！我喷了韩四爷一脸的口水，他安静地给自己点了根烟，陷入无限沉默。

5

何然并不是那种乖巧恬静的女生，而是一个彻头彻尾的女汉子，惹事精。我省略了关于何然叱咤校园无敌手的热血往事，这里起码得有一万字。

何然小时候是个学戏曲的女生，父母是唱黄梅戏出身，何然自小就被家里严格要求每日练功。常言说得好，唱念做打舞，手眼身法步，生旦净末丑，难学各套路。何然毕竟不是男孩子，吃不了父辈的苦，她喜欢油画，爱上了美术，父母拗不过她，便只好由她去了，于是何然成了学美术的女孩子中最能打的，错了，即使在男孩子之中，她也是最最能打的，我们都挨过她的拳头。

要说韩四爷是怎么和何然好上的，这还得多亏一场事故。

那是一个漫天初雪的圣诞节，韩四爷因为车胎打滑撞坏了一辆同是学校门口接人的黑色桑塔纳，故事很烂俗，从桑塔纳车上下来的是四个光头金项链的大哥，脖子和手上都能看到时下最酷炫流行的文身：蝎子，老虎，貔貅，米老鼠。

韩四爷笑了，忍不住说道："你个大老爷们儿居然文个卡通？"

这话激怒了为首的胖子，他说："这是我女朋友文的，欠抽咋地？"

于是在这灿烂的圣诞，韩四爷被四个东北壮汉给胖揍了一顿，直到何然出现。

米老鼠是出自何然的手笔，何然是个兼职文身师。

"为什么会这样？"韩四爷握着方向盘对我说起这段往事。

"学艺术的女孩子都有些神经病吧！"我不禁感叹道。

我们接了何然下班回家，何然在厨房里忙活着晚餐，系着橘色的围裙很是好看，她留起了飘逸过肩的长发，谁还能看出她是当年那个女魔头。韩四爷有些脸红，和我坐在客厅里又接着说起后面的故事。

6

为首的光头金项链是何然最忠实的追求者，在南城最自由的地下商业街，他一眼就迷上了这个仿若莲花的女子。当然何然确实长得很白净，她和街区里的女生不一样，不施粉黛，干练的白衬衫配上简单扎起的马尾辫，这是文身房里你绝对难得一见的画面，清新脱俗。

胖子毛手毛脚地摸着何然的大腿说："给我后脖子来个痛快，我要文个最凶狠的野兽。"

何然抄起了针，剩下的事情你们都知道了。于是韩四爷被揍到了上瘾。

"我叫叶问，我能一个打十个。"

这是韩四爷清醒后说的第一句话，他逗乐了坐在他面前的女孩子，何然喜欢上了他。

"不对！"韩四爷忙坐在饭桌前纠正我，"是何然喜欢，上了他。"

"呸，你这个流氓！"何然坐在韩四爷的身旁，笑靥如花。

再后来，韩四爷和何然真的去看了《叶问》，不过是第二部。他们从电影院出来，又溜进了学校的画室房。何然说："我请你看了电影，你总得表示表示。"

"你要我怎么表示？"韩四爷问道。

"脱衣服！"

"在画室做？会不会太刺激了！"韩四爷一脸羞涩。

"要的就是刺激。"

韩四爷成了何然的专职模特，不过是裸模。何然画得倾心，韩四爷却难过了一整个夏天，光头金项链又出现了。

7

"好汉无好妻，癞蛤蟆娶仙女。这是光头金项链教会我们最记忆犹新的谚语。"何然这样对我说。

光头金项链闯进了何然的画室，韩四爷因为光着身子来不及阻止，等他穿上裤子，光头金项链已经带走了何然，说是去文身馆还债。

韩四爷整个人都疯了，他觉得自己的整个世界都要被夺走，他气急败坏地捶打着自己的胸膛，恨自己不能保护最爱的女人，于是他拿了把菜刀像一匹脱缰的野狗狂吠着冲了出去。

8

"你是不是傻！"何然望向韩四爷捧腹大笑。

"我那不是配合你吗。"韩四爷一脸委屈。

"到底怎么了！你们倒是接着说呀！"我有些坐不住，筷子扔到了桌上。

"你听过美女与野兽的童话吗？"何然问我。

"听过啊，我还看过电影呢！"我有些苦恼，恨不得掐死韩四爷让何然接着说。

"光头金项链正儿八经地谈了一个女朋友，全都是因为那个米老鼠的文身。"韩四爷叹气地对我说。

"那个胖子运气不错，因为米老鼠文身反倒盖住了他身上的匪气，有女孩子觉得他可爱。"何然说。

"而且还是一个艺术系的大美女。"韩四爷略有醋意，何然瞪了他一眼。

"那他为什么要绑架你！"我还是不解。

"还是我来说吧！"韩四爷终于解开了我的疑惑。

那是一个十分诡异的场景，韩四爷带着菜刀闯进了地下商业街里的文身馆，何然戴着口罩，手拿金针正在认真地刺着身下半躺着的女人，光头金项链的胖子紧张地站在一边，面容满是担忧。

"这到底是什么情况？"我和当时的韩四爷异口同声地喊道。

"她要文个唐老鸭。"何然撩起额头倾散的刘海对韩四爷严肃地说。

"是情侣文身。"光头金项链满脸堆笑。

"卧槽！为什么会这样？！"我一脸惊异地望向何然和韩四爷，嘴巴张得老大。

"学艺术的女孩子都有些神经病吧！"韩四爷若有所思地回我道。

何然笑得满地打滚儿。

9

南城有山陵，北海有河谷，东尽有日出，西沙有雨落。这是南城站台某个神秘大妈对我说起的传说，但这些都不及韩四爷与何然的故事，这是我在南城听到的最美的爱情，还有光头金项链的胖子，他遇见了属于自己的唐老鸭，而我还在流浪。

我又坐上了绿皮火车，准备去往下一个地方，坐在我身边的是三个即将去远方报到的大学生，青涩而质朴，他们买了副扑克牌邀请我一起斗地主消遣时光。

我一脸神秘地说："你们一定没见过赌神，但我见过。"

"赌神长什么样子？"学生们一脸好奇地问我。

"他看上去很能打，一个可以打十个。"我一脸神秘地笑。

所有的明天都像你一样晴朗

"你，你追我干什么？"我喘着粗气。

学姐晃了晃手中的资料，又朝我伸出了右手，洁白而修长。

"老老实实把材料钱给我交出来，还有我的带路费！"学姐一脸凶狠地瞪向我……

1

我从未想过会再遇见你，在这个逼仄的超市前，你看上去老了许多，鱼尾纹已经悄然攀上了眼角，牢牢盘起的插梳间深藏着一缕你的银发。我站在你的身后排队买单，而你却丝毫没有察觉，我知道，你恐怕已经认不出我了。

"牛肉、鸡丁、胡萝卜，青椒、蒜头还有洋葱……"你微笑着和收银员清点着购物篮里一样又一样的物品，我还看见了你最爱喝的酸奶和抹茶口味的饼干条。感谢上帝，没有男用的洗发水和香烟，也没有儿童的牙膏和牛奶，我猜你还是一个人，我猜得没错。

"瑞希，张瑞希。"我拍了拍你的臂膀叫起你的名字。

九年，离十年还差一年，也许这不算太长。

2

"老师，这是我的中学资料和考试成绩。"

"嗯，你这个分数可以调到外语班。"

我从合城二中的报考办公室里退了出来，紧张得有些发抖，这是我第一次来高中报到，心里满是对未来的担忧与迷茫。我从没想过会上第二志愿的高中，我的中考成绩并不理想。

"你也是今年二中的学生？"

一个看上去比我略高的女孩子在办公室的门口好奇地往里张望，长发乌黑亮丽，柔软地披在肩上。

"你也是二中的新生？"我颤抖地轻声问道，手心里都是汗水。

"嘿嘿，我是音乐班的学生，你的学姐。"女孩伸出了右手，洁白而修长。

"哦！"我害羞地跑了出去，没有和她道别。

"你的资料！！"办公室里老师走了出来朝我喊道。

二中是合城有名的艺术高中，音乐、美术和外语是学校的班级基础划分，而每年新生报到都会有学长为我们引路，学姐拦住了我，追了一整个校园。

"你，你追我干什么？"我喘着粗气。

"你，你的资料啊！"学姐晃了晃手中的资料，又朝我伸出了右手，洁白而修长。

"我不和女生握手。"我有些尴尬地说。

"握你妹的手！"学姐气急败坏地指着我说道。

"老老实实把材料钱给我交出来，还有我的带路费！"学姐一脸凶狠地瞪向我。

"啥带路费？"我愣在原地，脑中一片空白。

"这是学校的规矩懂吗？也是我的规矩！"学姐一个箭步向前，双手大开大合比了一个"请"的动作。

"原来你是来收保护费的……"

这是我和张瑞希的第一次见面，我居然被打劫了。

3

一中的秀才，四中的痞子，五中六中出人才，七八九中书呆子，二中尽是女流氓。这是合城高中不成文的江湖口号，你要想安安稳稳地活在高中，就必须谨记以上条文。我突然有些后悔初中没有好好学习，我遇上了人生中第一个女流氓。

"小胖子，你给我记好了，我叫张瑞希，以后有人胆敢欺负你，你就报我的名头。"学姐抢走了我身上的零用钱，还有一张公交卡。

"我叫王也。"我小声说道。

"哦，胖子没资格有名字。"学姐朝我一脸明媚地微笑，我居然有些害怕，这实在太他妈丢人了。

"以后每个礼拜五下午来操场后门等我。"学姐温柔地对我说，脸上满是关心。

"什么？"我有些疑惑。

"因为礼拜六礼拜天放假。"学姐再一次伸出了右手。

"我已经没钱了。"

"我这是和你握手，傻瓜！"

"合作愉快。"学姐握着我的手小声对我说。

"欢迎加入张瑞希 family！"

我的眼泪夺眶而出。

4

叱咤风云，我任意闯万众仰望

叱咤风云，我绝不需往后看

翻天覆地，我定我写

尊自我的法律，这凶悍闪烁眼光的野狼

…………

　　我们一边唱着学姐组织的队歌《乱世巨星》，一边站在绿绿的操场上列队向左看齐又向右看齐。我不是一个人在战斗，身边又多了几个小伙伴，无一例外都是被学姐敲诈的新生。我本来可以用功读书，考上北大清华复旦南开，以后做一个医生或者律师，可惜我还没有打开过书本就加入了学姐的组织。我们每一个新生都为能成为一个"古惑仔"而无比自豪。

　　"你们干什么呢！"训导主任突然从操场的前方冒了出来，不知是谁喊了一嗓子："快跑！"小伙伴们一哄而散，有的连鞋子都跑飞了出去，一刻都不敢停留。

　　张瑞希是我们当中跑得最快的一个，她先是穿过绿油油的草地直奔后门，又翻墙上了学校周边的围挡，而我则是第二快的胖子，因为她全程都拽着我从未放手，直到我的衣服挂了学校的铁丝围挡，她才悻悻松手。我吊在围挡和墙壁之间，对张瑞希说道："训导主任还在后面追呢，这里有我顶着，你先走吧！"

　　张瑞希感激地朝我看了一眼，拱手拜拳说道："好兄弟,讲义气！"

　　我也依葫芦画瓢作揖道："江山不改，绿水长流，日后相见，自当报答今日所赐！"

　　"什么意思?"

就是这一下子耽误的工夫，最终我们还是被训导主任逮了个正着，我总算是长嘘了一口气。

是我告的密，谁叫她抢了我的公交卡。

就是这个意思。

5

训导主任把我和张瑞希扭送到了办公室，为了积极配合训导主任的工作，我把该说的不该说的都交代了，包括张瑞希平日里怎么勒索学生，除此之外，我还捏造了她强迫学生脱裤子的变态行径。

训导主任听得聚精会神，脸上一阵红一阵绿。我偷偷瞥了眼学姐，她则若无其事地在一旁诡笑，而且还在暗中朝我眨了眨眼睛，丝毫没有痛改前非的认罪态度。我煞有介事地等着看她出丑，也大着胆子朝学姐眨了眨眼睛，终于有好戏看了！我心中暗暗地窃喜。

"爸，我下次不敢了。"

NO！ZUO！NO！DIE！天空中飘来四个单词，这是我在外语班学会的第一句英文，我知道我的人生毁了。

我成了张瑞希的重点保护对象，她答应了她父亲以后不会再找我麻烦，而且会全天候帮我补习功课。训导主任也对我眨了下眼睛，我知道他这是公报私仇，果然是亲生的。

6

"不作死就不会死，这就是你挑战我的下场！"张瑞希一边拿着扫把杆粗暴地捅进垃圾袋的腹部，一边指了指我的屁股。我一阵肉疼，立刻从座椅上站了起来。

"你要怎样才肯放过我？"我哀求道。

"答应我三件事我就放过你。"张瑞希随手伸出三根手指，在我眼前晃了一下。

"只要不违反校规，我都答应你！"我一时意气用事大声地回道。"君子一言，驷马难追。"

"八匹马都追不回来！"

我和张瑞希击掌为誓，她提出了第一个要求，陪她去北京。

7

"你买票的钱不会都是抢的吧！"在火车卧铺上，我靠近张瑞希小声地说道。

"嗯，还有你的公交卡。"张瑞希不放过任何一次挖苦我的机会，抬起的二郎腿抖得老高。

"好吧，你总该告诉我你去北京做什么吧？我们得在车上睡九小时才能到达。"

我心里发苦，但只能陪她，毕竟和一个高中女生出远门，我要是不伺候好了，回来训导主任肯定会杀了我。他多说不定早已经发现我们偷跑了出来，我希望回来的时候还能留个全尸，南无阿弥陀佛，大慈大悲观世音菩萨，我心里默默祷告着。

"别发呆了，去了你自然就知道了。"张瑞希不以为然地说道。

这是我第一次出远门，沿途的夜景只有忽明忽暗的铁轨路灯和窗外忽远忽近的远方的山脉。我侧身躺在床铺里，听着车缝里呼啸的风一夜未眠，而张瑞希也好不到哪儿去，她四仰八叉地横躺在我头顶的铺位上，好几次眼看着就要摔下来了。

"再靠近一点点，对对对，再向前一点点，对对……"我全神贯注地盯着张瑞希伸出床铺的脑袋，心里紧张得要死，她就要从铺位上掉下来了，这是我多么盼望的场面，我忍不住小声喊道。

就在我以为张瑞希马上要掉下来的时候，我看到了我人生中最恐怖的画面，她的脖子突然以一个不可思议的角度扭转了过来，眼里空洞无光，嘴唇边上泛着点点红腥，她居然自上而下倒挂着脑袋对我说道："胖子，你看上去好像很好吃！"

我呜呜哇哇一下子就清醒了过来，现在是早上七点整，车厢外的阳光穿过车窗的帘子投射在车厢里每个人迥异的脸上，我们终于抵达了北京。

8

在一栋高档公寓楼的门口，张瑞希终于停下了脚步，你一定不会相信出现在我眼前的情景。

高挑的身材，配着披肩和略带卷曲的长发，还有那洁白修长的手指很是好看，一个略显成熟的身影正站在公寓楼的阳台上晾晒着洗涤过的衣服，像极了张瑞希。

我用力地揉了揉眼睛，不可思议地看着张瑞希说："这是你姐姐？"

张瑞希憋红了脸蛋，不屑地说："这是我妈。"

我不禁诧异地说道："你怎么这么显老？！"

"你想死是吗？！"张瑞希一抬手朝我脸上扇了过来。

啪！我一个闪身，这一个巴掌狠狠拍到了我身后停着的面包车上。这辆车恐怕已经停了很久了，车身上满是灰尘，或许是它的主人遗弃了它，我理解这种心情，就像我失恋了很久，躺倒在床上等待爱人回归一样。突然一个绝色美女在我的屁股上来了一巴掌，我能不激动嘛！简直是亢奋！面包车婉转而悠扬的警报声顺势而起，像极了一个抖 M 不断地呻吟……

张瑞希的妈妈闻声朝我们这边张望，天上地下唯我独尊的张瑞希居然躲到面包车的后面去了。

9

"你怎么这么尿！"我哈哈大笑。

"谁他妈让你躲的，我又不是真打！"

我看着蔫在地上的张瑞希，胸中一片舒畅，得意地说道："呸！你那一下子还不是真打？车都被你拍爽了！"

"我说你还躲什么啊！你妈瞅你呢！"

我回头又望向那栋公寓楼，只见一个陌生的男人站了张瑞希妈妈的身后，他领着一个五六岁的小妹妹正在和张瑞希的妈妈开心地聊着天儿。那个小妹妹拽着张瑞希妈妈的裙角好像是要抱抱，张瑞希妈妈的脸上洋溢着幸福的笑容。谁看都明白过来了，他们一定是一对夫妻……

张瑞希从面包车后站了起来，拍了拍牛仔裤，转身也不理我，就这么径直走了。我仿佛明白了什么，赶紧跟了上去。

我说："我们接下来去哪儿？"

张瑞希说："回家。"

这是我第一次出远门，而且是和一个美女一起。我曾听发小刘长博和我说过，男人和女人如果一起去旅行，一定会发生点儿不好意思说出口的事情，但我从没想过会这么快，快到我连一顿饭都没有吃，就火速结束了这场处男之旅。

"第二个要求，这件事情不许和任何人说。"张瑞希在火车上这样和我说。最后，她使用了即使是铁胆男儿都会无力招架的绝杀恐吓我。她居然哭了……

10

我们安然无恙地回到了合城。每个礼拜五的下午，"张瑞希family"都会在二中操场的后门等待张瑞希，我再也没问过为什么不是礼拜六或者礼拜天，因为我知道她总要去远方。

在合城，我终于升到了高中二年级，而张瑞希是我高三的学姐，她高考后去了北京。我真该感谢学姐的照顾，二中换了几批学生，也来了几批混世魔王时常在学校门口打架斗殴，但从来没有人惹上我，因为训导主任经常会在放学的时候和我一起等车。这也许是学姐暗中的照顾吧。

学艺术的孩子情感总是比别的学生丰富，因为她，我转学了专业，可惜不是音乐，而是美术。音乐留给最美的女人，而我在画纸上永远记录了她。

那是一场毕业典礼，艺术班的学生必须表演才艺答谢全校师生，这才是合城二中真正的规矩，也是传统，这是训导主任那一天悄悄对我说的话。

我和同桌何然坐在音乐厅的第三排认真地搭起了画板，我们都是合城二中美术班的学生。何然也是一个了不起的女人，特别能打，她是张瑞希的学妹，也是"张瑞希 family"的二代队长，是她保护了我整个高三学年，当然，这都是以后的事情。

那是一个色彩斑斓的午后，一个看上去比我略高的女孩子坐在一架大型三角钢琴前面，弹的是《海上钢琴师》里那首有名的曲子 *Magic Waltz*。

乌黑亮丽的长发倾泻下来，洁白而修长的指节在黑白交接的琴键上不断跳跃，我的思绪如泼墨般渲染了整个季节。清新明快的旋律携带着含情脉脉的温柔，犹如青春里晴朗的夏天，伴着我们每一个人成长。而你微笑的脸庞是我轻触岁月的痕迹，在我的心里勾勒出一朵绽放的夏花……

11

"瑞希，张瑞希。"我拍了拍她的臂膀，轻轻地唤出了这个名字。

你在我逝去的平静岁月里突然地回眸，往昔那涌动的情绪便浮上了我的眼角。

"胖子，你的公交卡我早就丢了。"她满脸释然地摊开双手，洁白而修长。

"你现在在做什么？"张瑞希温柔地笑了。

"我在写书啊！"我抑制不住满脸的自豪，大声说道。

"哦，最后一个要求。"张瑞希若有所思地说。

"嘿嘿，原来你还记得。"我有些不好意思地笑着。

"把我写进你的书里吧！"张瑞希明媚地望向我。

我说："好啊，故事就叫'所有的明天都像你一样晴朗'。"

旋转木马

花季雨季本是青春期与叛逆期的齐头并进，更何况年少轻狂的爱恨情仇也只是青春里一抹明媚的忧伤，谈不上谁对谁错，但是小薇却并不是因为我的过失才离开。

"我活腻了，请杀了我！"

这是我人生体验里从未预想到的场景，也许是在以后的五六十年里，或许在我还能活得更长的生涯里，都再也不想遇上的状况。

可是，我终究没有躲过。

"对不起，我也是来跳楼的……"

1

我叫捌匹马，这是我的笔名。

我是一名电影爱好者，在朋友的怂恿下，我们成立了一个电影类网站，而我则是这家网站唯一的编辑。我每天的工作就是看电影，然后整理来自五湖四海的影评来稿，无论是电影也好，还是影评也罢，我几乎来不及有任何的思考，单方面接收的大量讯息让我的生活索然无味。翻翻自己的朋友圈，里面充斥着大量的鸡汤、励志、成功学，其实这些我都可以忍，但结婚党的异军突起，却真真给我平淡的人生以致命的打击。我本以为女人喜欢安稳的男人，在这个网站老老实实待了四年，可是现在的我却仍然单身。就是今天，我做了人生中一个大胆的决定。

　　我起身从塌陷的沙发里挣扎着逃了出来，仅仅是一秒钟，却好似宇宙爆炸般漫长。我下了楼，冲出了办公室，然后在街角的小卖部里勇敢地摸了收银员小妹的胖手。我猜她有一百五十多斤，因为她几乎和春晚里的贾玲一样壮硕，但是我仍然感到高兴，因为这是我迈向新生活的第一步。我必须试一下自己的勇气，接下来我才有足够的底气面对我楼上的领导，就是那个怂恿我的朋友，他现在越来越像老板了，而我则越来越像个员工。我要给他来个惊喜，也许是一次华丽的转身。

　　"你怎么还不打我？"我诧异地望着面前有些娇羞的收银小妹。

　　"你放手呀，钱我都给你了。"我有些慌张，收银小妹并不像我想象中的那样朝我怒吼。

　　"你再不放手，我就要喊非礼了！"

　　生活总是会给你一个出其不意的惊喜，大多数时候你无从选择。我给领导买了他要的苏烟，回到了办公室，而他只因我回来得太晚开除了我，就像那个胖小妹一样，我只是摸了她的小手，等待着她的一个巴掌来抒发我积攒已久的怒气，而那一个莫名其妙的强吻却让我惊慌失措。

　　我的初吻没了，我失去了工作。

2

　　上帝在为你关上一扇门的时候，一定会给你开启一扇窗，只是有些时候时机不对。屋外正下着四月里罕见的冰雹，窗户已经被击得粉碎，外面开车的人是否高兴我不知道，但是我的内心是冰冷的，很残酷。"屋漏偏逢连夜雨"是小学老师教会我的第一句俗语，而今夜另一句则叫我记忆犹新，"世界这么大，我想去看看"，都去看看吧，最好就在今夜。我躲在被窝里从没这么认真地为大家祈祷，简直衰爆了，我想起了小薇。

小薇是合城艺术职中的学生，主持专业，但凡学艺术的女孩子往往都带有一股桀骜不驯的野性。她是一匹野马，在无数个男友头上种起一片草原。

我是她的男闺蜜，幼儿园、小学、中学，我们都一直是同桌，她称呼我为"发小"，而我却一直暗恋她。因为胖，我和小薇的恋爱可能性几乎为零，但生活总是爱开玩笑，上帝总是给我惊喜，我居然瘦了，就在雨季的年纪。

3

逆袭的胖子并不是这个世界上最恐怖的生物，莫名其妙逆袭的胖子才是这个世界上最恐怖的物种。我仍然大吃大喝自我放逐，仍然友好地对身边的朋友卖萌耍贱，可是一切都变了，我不再被人叫作"胖子""逗比"，他们改叫我"男神"，而且男神了整个高中时代。

我走在街上开始变得孤独，很多人迎面走来会对我指指点点，起初我怀疑脸上有什么脏东西，又或者我的衣着打扮有哪些不得体的地方，但是后来，直到有成群的外校妹子在门口疯狂地抢夺我的衣物，我才知道，原来这一切都是因为我的颜值。我本是靠成绩取胜的三好学生，现在却只能靠脸吃饭，说句心里话，我可耻地笑了，高兴得无以复加。

突如其来的狂喜让我第一时间醉倒在学校后山的操场上，我吐了一晚上，开始了青春期以来的第一次蜕变。我不再吃两块钱一份的鸡蛋灌饼了，因为我觉得这不配我男神的身份，现在我都会再花一块钱加一个鸡蛋，我觉得这不叫奢侈。

4

突如其来的转变在身边的人眼里往往会有些时间延迟，就像过年，兄弟姐妹们围坐一团，等着消灭家人准备的团圆饭，猪头、猪尾巴、猪蹄膀，但凡各种跟猪有关的东西都要上餐桌。猪是不喜欢过年的，至少我曾经和他们走得比较近，这种非人的感情也许只有我能明了，所以我比餐桌上的每一个人更懂得感恩，我吃得最多，因为我有资格。

过年的胖不是一瞬间的，但是长辈们根本看不出你体型的微妙变化，除非你买了一个秤，而这个时候，只有猪和女人会阻止你。永远不要暴露自己的体重，这是我从他们身上学到的人生哲理。于是，越是亲近的人越会忽视你的变化，直到各回各家各找各妈的寒假结束，有个男同学笑着走过来亲切地慰问我："你个胖 B。"我这才明白原来身边人不过是一场相互遮掩的酒肉友情，我们看外人，比身边事更清楚。

小薇终于在三个月之后对我的改变有了发现，因为她说了一句："你原来还挺耐看的。"

嘿嘿，有戏。

5

青梅竹马是这个世界上最美妙的感情。而感情变为爱情，只需要一场电影，一场电影，一场电影，一场电影……再加一场电影你也完全搞不定。

小薇不仅仅是一匹野马，我的笔名其实更适合她，八匹野马脱缰奔驰的场面多么壮观。我需要一辆奔驰，这不是一辆宝马可以解决的事情，可是我没有钱。

我的青春正好踩在社会经济文化飞速发展的脉搏上，电脑开始飞入寻常百姓家，OICQ 这种丧心病狂暴露年龄的东西肯定还有人在怀念，再然后就是港台影星的侵蚀，韩国电影的文化蔓延，一部《我的野蛮女友》拯救了我和小薇的爱情。

在一次朋友的聚会上，一个叫"牵牛"的傻胖子见到了他心目中倾慕的女人——一个清丽脱俗的女流氓，可惜事出突然，他没有即时上前认识这个女人。我本想感谢上帝救了这个可怜的胖子，但是上帝怎么会理会我这种凡人的渴望，他只会不断地摧残我，打击我，玩弄我这可悲的怜悯心。最终胖子和女流氓还是在地铁站里相遇了，汽车旅馆、监狱、学校、游乐场、逃兵事件、溺水事件……我残忍地闭上了眼睛，不忍直视这一出出的闹剧。

对不起傻胖，你的悲剧才刚刚开始。

6

生活总是没有电影来得传奇，我离十八岁虽然只有一步之遥，但是汽车旅馆这种地方我还是没有勇气进去。于是我花了一晚上的时间对这部"傻胖勇斗女流氓"的电影进行了前所未有的分析与研究，并最终得出了符合自身特点的一套"真三级无双搞定小薇必杀方案"，我决定以毒攻毒。

野马就要用野马制伏，毕竟大家都是同类。游乐场这个副本是我的战略要地，而旋转木马就是绝杀，那可是八、九、十、十一、十二匹以上的战马啊！！！

果不其然，小薇沦陷了。外表强硬的女孩子，往往总是怀抱着一颗少女心，王菲的《旋木》在耳海里飘，一个男人却站在转盘圈外跟着奔跑。

"你为什么不坐上来，其他的马都是空的啊？"小薇愉快地喊道。

"因为我如果坐上去，就永远都追不上你。"这是我花了一个晚上准备好的绝美回答，此处应该有掌声。

我们相爱了。

7

你知道雨季里的人们都是怎么恋爱的吗？什么？接吻？那真是太羞耻了。

从小薇答应我牵手的那一刻开始，时间已经过去了两百五十九万两千零十七秒钟。在与小薇交往一个月的整点纪念日上，我正慢慢逼近她的面庞，十几秒钟已经过去，我仍然不敢亲她，这种心理有个雅称叫作"真爱"，而小薇说我这叫"懦夫"。

我们最终没有接吻成功，我的初吻留给了某个胖妞，当然这是以后的事情，现在我还来不及后悔。

难道不接吻就不能交往一辈子吗？我那个时候还痴痴地反驳，而真相其实另有缘由。

现实是惨白而荒唐的，我曾经有一个好朋友叫刘长博，我请教过他关于接吻的问题，而他则告诉我接吻是未成年人绝对禁止的事项，难道你不知道接吻会怀孕吗？！他气势汹汹地恐吓我，还真是把我吓得不轻，万一我怀孕了怎么办？男生怀孕毕竟是很丢脸的事情，请你们原谅我们吧，那个时代的性教育还远没有现在这么普及。而刘长博这种长相难看的朋友我已经准备绝交，因为小薇生气了，真不是因为我傻。

8

六月的天就像孩子的脸说变就变，一场磅礴的大雨席卷了合城所有的校园，小薇住的艺术职中是寄宿学校，我挺着一把大伞站在她的宿舍楼下等小薇出来相见。我想解释自己的无知，但是小薇却晾了我一个下午，我就站在楼下望着楼上窗户里的花布帘子，有一个小角是开的，我知道小薇就在看着我。

我收了雨伞，打算像电影里那样施展苦肉计，淋得那叫一个淋漓尽致。我索性甩开膀子举起伞尖打算用金属划开水泥的白沫，准备写下"前日看花心未足，狂风暴雨忽无凭"这几个大字，来表达自己对这段爱情的重视，但是才写到第二个字时，"前"就已经被雨水冲刷，只留下一个大大的"日"字。小薇愤怒地拉上了窗帘，而雨水则无情地继续拍打我的脸、眼、口、鼻。而我的红内裤也被潮湿的裤子映衬了出来，和我的脸比起来，到底谁会更红，这是我接下来要思考的问题。

我的青春结束了。

9

花季雨季本是青春期与叛逆期的齐头并进，更何况年少轻狂的爱恨情仇也只是青春里一抹明媚的忧伤，谈不上谁对谁错，但是小薇却并不是因为我的过失才离开。

一场大雨过后，我得了一场重病，体温过高导致荷尔蒙紊乱，也许是鬼使神差，我又奇迹般地慢慢变胖。一个月内我又回到了原来的体型，一切都仿佛从没发生，一切又仿佛要重头来过，小薇其实就没有和其他男生断过联系，我只是其中的一个备胎。

在我生病的时候，她来看过我。她支支吾吾地说了好多，我只记得最后几句，我们还是朋友，我们永远是朋友。我苦苦支撑，勉强地挤出一个笑容，说："我们别再做朋友。"一切又回到了从前，雨水打湿了窗户，冰雹化了满地，还有狂风暴雨卷下的木叶碎枝洒了一地。我收拾干净了屋子里的所有垃圾，又给自己洗了个痛快的热水澡，也许有件事从暴雨那天就已经决定了我今天的走向。

我是一名电影网站的编辑，我本以为女人都喜欢安安稳稳的男人，可是我工作了四年却仍然落得单身的下场，就是今天，我做了人生里的一个大胆决定。

我爬向这栋大楼的顶端。

10

"我活腻了，请杀了我！"

这是我人生体验里从未预想到的场景。也许是在以后的五六十年里，或许更长的岁月里，我都再也不想遇上的状况。

可是，我终究没有躲过。

"对不起，我也是来跳楼的……"

"胖子？！"那个抢了我跳楼指标的女孩一脸诧异地端详着我。眉宇清秀，身材高挑，浑身都透着一股桀骜不驯的气场，英气逼人。

"小薇？！"我简直无法想象如今的状况，这或许比我的初吻被胖妞洗劫更令人悲伤。

"我叫小芳。"女子冷冷地回道。

这又是一个残酷冷艳的爱情故事，我就知道上帝总会给我不一样的惊喜。

"呵呵，你听过《旋木》吗？"有个傻胖诡异一笑。

大王叫我来巡山

我突然明白一件事，原来喜欢一个人可以是一秒钟，但爱一个人却要拼命一辈子。

1

有阵子朋友们时兴在家里玩《三国杀》，一种以三国人物命名的多人卡牌游戏，里面有个牛人叫许褚，三国里是这么描述的："长八尺余，腰大十围，容貌雄毅，勇力绝人。"

我拿着这张牌，上面有许褚的画像，我左看右看都觉得眼熟，顿时一拍脑袋大叫："这不是大王嘛！"边上的牌友破口大骂："妈蛋！老子打的是三国杀，斗地主回家斗去！"

我不管三七二十一揣着牌飞奔到了阳台，牌友们愣住了，我摸出手机又看了看手里的卡牌，默默地拨通了一个号码，这个人叫作王景天，他就是大王。

"哎哟妈呀！逗比，打我电话噶哈？"大王操着一口浓烈的东北方言。

"滚蛋，我刚在打三国杀，你猜怎么着，你长得和许褚一样一样的，哈哈哈。"

"我削你你信吗！"

大王是个一米八五的壮汉，结实犹如老槐树，走在路上虎虎生风，一般人都不太敢靠近，胆子小的孩子如果一不小心撞上了他，都得吓尿，当然这是他胡吹的。可是我们不信，小孩子们却信了。

于是，大王在妇孺圈出了名，号称"凶神恶煞打遍天下妇孺无敌手"，生生挤掉了前代《哆啦A梦》里的"孩子王"胖虎，再加上隔壁家老王的彪悍形象如此深入人心，于是，不听话就喊狼外婆的典故正式变成了不听话大王拉你去巡山！久而久之，王景天不再叫王景天，而"大王"的凶名算是传遍天了。

2

和大王厮混在一起正是2007年艺考的时候，我们都是文艺男屌丝，实打实的装B范儿，那几日《奋斗》正在热播，里面的主角成天胡吃海喝各种玩蛋！于是我们也和剧里的主角一样每日混迹于京城的各种酒吧、台球厅各种玩蛋！

除了艺考培训班，我们就没去过几个正经地方，就像歌里唱的：昨天太近，明天太远，不如让我醉倒在池边。

我问大王："这样的生活算什么？"大王喊道："这叫艺术，我们彻底艺术了！"我相信大王，相信我们的口号：就算整个世界把我抛弃，至少快乐伤心我自己决定。

我以为我们彻底艺术了，可是大王却背叛了我，他爱上了一个姑娘，他说从今天起我们的口号是：一个人哭，真爱无敌。

大王表白失败，我们的生活一去不复返。

3

姑娘叫林婉希，艺考培训班二班的学生。而培训班二班的女生则被我们俗称为"隔壁班的女人"，每次上课的时候，总能听到班里同学传着各种"隔壁班女人"的小道消息，而这其中大部分都是关于林婉希的。

"林婉希是罡妹！"大王曾这样评价道。

"啥是罡妹？"我疑惑地问。

"四个正啊！！正妹中的正妹！"

"妈蛋！"

第一次和林婉希见面，是大王组织的班级聚餐，我们在京城最大的饭店里吃着火锅唱着歌。我偷偷注视着她，林婉希的眉宇之间有林青霞的冷峻从容，英气逼人，而举手投足间又好似《花样年华》里张曼玉扮演的苏丽珍，让人浮想联翩。

林婉希就是这样的女人，既然大王喜欢，作为兄弟自然要两（狼）肋（狈）插（为）刀（奸），我想着如何起哄撮合他们，于是忙使眼色让大王敬酒。大王瞅了瞅我，我给了他一个鼓励的眼神，终于大王拿起了酒杯，我给他添上了满满的一杯二锅头，这是要视死如归啊！

林婉希说："我男朋友不让我喝酒。"

大王尴尬地把酒杯放下。

林婉希又说："我男朋友已经不是我男朋友了。"

大王激动得又抬起了酒杯。

林婉希再说："我们订婚了，他是我的未婚夫。"

我能听到心碎的声音，就像数九寒冬里坠落在水泥地面的冰锥，嘎嘣脆！坐在一桌上的朋友们傻了眼，这是演的哪出啊。

"这饭没法吃了！"我拽起瘫软在座椅上蜷缩成一团的大王，他的脸涨得通红。

"坐下！"一声惊雷，整个包厢静得能听到彼此心跳的声音。说话的正是林婉希，她调整了下情绪，和我们说起了她的故事。

4

1987 年夏天，林婉希的母亲在天津做珠宝生意，当时有一个泰国代理商欠了她母亲一笔巨款，于是怀胎九月的母亲奔赴了泰国，然后林婉希出生在了泰国。十多年的讨债生涯给了林婉希一个不一样的童年，她以为自己成了泰国人，但父母偏偏又举家迁回了国，俨然成为一个海归。

动荡不安的生活让林婉希极度缺乏安全感，正是这个时候，她认识了自己的男朋友。曾经因为抑郁几次妄图自杀的林婉希，被这个大自己五六岁的男人包容呵护，于是很快便见了双方父母并订了婚，本以为结局美好，但终究是场伟大的意外。

林婉希的男朋友在她家的小区车祸丧生，来之不易的幸福瞬间烟消云散。那一年林婉希十八岁。她举起自己的左手，无名指的戒指闪烁着点点微光。两年来她一直戴着，从未摘下。

故事讲完了，大王的神情跌宕起伏，俨然比整个故事还要揪心。我能看出他的局促不安，能看出他的心烦意乱，还能看出他的扼腕痛惜。

"你们可以走了。"林婉希小声地说。

"等我。"大王重重地点了下头，带着我飞也似的离开。

5

"大王，你在日本过得好吗？"我结束了许褚的扯淡，关心起了大王的近况。

"快毕业了，年前就能回国，你丫想我了？"

"嗯呐，你还记得林婉希吗？"我想起了往事，小心地问道。

"一回国我们就要结婚了，你丫消息也太滞后了！"

晴天霹雳！

大王说，自从上次离开后，他每天都默默地守在林婉希家楼下，那是一栋综合楼，每层足有三四十个住户。林婉希起初不怎么理睬，但是大王告诉林婉希他会在楼下待满一百天。林婉希从起初的厌恶转变成了默默接受，最后变成了习惯。

一百天没有想象的那么长，时间总是如流水，在洗衣机的搅动里，在烧水壶的响声里，在没日没夜的雨水里偷偷地溜走了，而大王始终站着。

第一百天的深夜，大王遥望着十七层闪着微弱灯光的房间，拨通了林婉希的手机，那里是她住的地方。

"我要走了，去日本留学。"

林婉希没有说话。

"等我回国嫁给我好吗？"

林婉希仍然没有说话。

"如果你愿意等我，你就把房间的灯全部打开！"大王肆无忌惮地喊道。

奇迹就像六月的天，令人措手不及。

一间！两间！三间！四间！五间！六间！七间！八间！

整整十七层，所有的房间都璀璨明亮起来！

柔和的光洒在男人的脸上，有人泪如雨下，有人抱头痛哭。

我突然明白一件事，原来喜欢一个人可以是一秒钟，但爱一个人却要拼命一辈子。努力就有收获。

山高水长你别闹，后会有期走着瞧

人和人的交往都讲求一种缘分，有的人可能仅仅交往了几天，却比从小一起长大的朋友还要投机，有些人可能很久很久也没有联系，但却比天天见面的某些人还要亲近。我以为我们会是第二种，但你却再没联系我。

1

你是我最闹腾的前女友，希望你别来无恙。我承认无法把你忘记，就像你一定也对我刻骨铭心。我曾经讨厌过你，也曾经憎恨过你，我总想着有朝一日也要向你寻求报复，可我终不能否认我确实喜欢过你。

你叫李瑶，瑶池仙女的瑶，这是你妈和我偷偷说过的事。

二十七年前，在一个暴雨将至的午夜，一个注定要和你妈搏斗终生的女人横空出世，当时天空并没有巨响，你却闪亮登场。

你妈绝对想不到她会有今天的下场，这本是女人何苦为难女人的开端，但还债的却还有我。

2008 年 8 月 8 日本是一个举国同欢的好日子，全国人民都沉浸在北京奥运会的喜悦中不能自拔，而我的好日子却到此结束。那是个谁都有理由夜晚胡闹的季节，大爷大妈们守在电视机前熬夜，大叔大婶们集聚在人民广场的那块巨大 LED 显示屏前唠嗑撒欢，只有英俊潇洒的小哥还有貌美如花的姑娘们才会在酒吧里喝酒赌球，而我遇见了你。

　　你肯定不记得当时的自己有多么粗鄙不堪，你居然用脚踢着坐在你前排那个貌比潘安的青年的屁股，想让他挪一挪位子。你不知道他押了一个月的薪水赌中国篮球队能赢有多紧张，而最后，中国队还是输了。男青年起身准备伸手打你，没错，我从没想过要出手帮你，因为那个男青年——就是我！

　　我承认当时我喝了一点儿酒。坐在我身后有两个家伙，一个是长相酷似徐静蕾，醉眼微醺甚是好看的你，一个是有着浑身强健肌肉，身穿运动汗衫的彪形大汉。我果断起身，又果断坐下，"现在能看见前面的投影幕布了吧！"我又果断地挪了挪位子。

　　你笑着说："你好像要打我？"

　　"我发誓我没有……"

　　我被你身边的彪形大汉提着领口又站了起来，这样连续下蹲又起身的动作就连体育老师都不曾命令过我。我还记得那个墙角，你站在厕所外面守着门又忍不住偷偷往里面张望。彪形大汉盯着我做了一百个原地深蹲，我实在做不来俯卧撑，不然我会更像个爷们儿！

2

　　彪形大汉是你在酒吧里结交的朋友，他好像也算是一个不赖的男人。被他放了以后，我努力喝了瓶啤酒让自己鼓足勇气去报复你。我跟着你走了一路，直到彪形大汉把你拐进一个无人的巷口我才知道，天道轮回，报应不爽。

　　原来你也有今天，看你能不能做得起一百个原地深蹲……

　　一扎洋酒，一打扎啤，外加一罐我临时买来暖胃的秘方——旺仔小牛奶，我承认我喝得确实有那么一点儿多。可是，不过是做个原地深蹲你他妈在那儿呜呜呜呜地尖叫什么？这四周也没人，大爷大妈们都睡了！卧槽！这他妈不对啊！你不是和这个彪形大汉很熟吗？他居然在扒你身上的衣服！！我抄起地上的垃圾桶就冲了过去，剩下的事情我就不记得了。

"你这个人真有趣！"

这是我清醒以后你对我说的话，我躺在宾馆的大床上，你坐在我身边，我问你那个彪形大汉走了吗？你却捂着肚子笑倒在床上。

"刚刚是我在强吻他！"

"我真是日了狗了！"

我猛然从床上直起身子，作势要走，一股恶心感却突然在丹田处汹涌窜动，你按住我的胸阻止我起身。"呕"的一声我吐了你一脸，我猜你当时杀了我的心都有，我又何尝不是如此。

你来不及训我便火速冲进卫生间清理洗漱，而我则暗下决心再也不要喝酒了，房间里飘着一股酸。这是一个"很有味道"的夜晚，让我不愿再想起。

3

每一个有罪的人死后都会下地狱，这是我小时候听爷爷讲述的故事。他经常神神道道地对着我说，如果有一天你突然忘记了某事，那么一定是有神明路过，而有罪的人只会见到一种神明，那就是阎罗王。

阎罗王掌管十方地狱，有罪的人，生前所犯的罪过都会在他堂前的镜子上暴露无遗。这时来了一个面容俊秀的貌美青年，阎罗王一眼就看出他命犯桃花，罪孽深重，二十出头的年纪居然已经斩获百位少女芳心，摘得花蜜无数，不知有多少少女曾因他红鸾星动。

"你有罪。"阎罗王如是说。

判官和小鬼们已经挤到镜前，阎罗王也摩拳擦掌准备观摩严（羞）肃（羞）的犯罪场面。宾馆房间里有一张大床，一个男人和一个女人独处一室，女人从浴室穿着浴袍出来，男人躺在床上深深地呼吸，酒味弥散。"就是这个感觉，干得漂亮！"阎罗王有些慌张，判官和小鬼们额头有豆大的汗珠滴落，每一个人都紧张地握紧拳头，呕……我又吐了你一身，然后我醒了。

"礼拜六在百货大楼等我，不来你就死定了！"这是那天早上我在卫生间发现的战书，你在镜子上用口红写下了这句话。而那个"死"字你写得特别大，几乎占据了半块玻璃，我知道我摊上事了，这也许就叫命犯桃花。

4

我曾以为你会有一百种办法对付我，但却没想到会是世间最毒的那种，你居然让我为你刷卡，刷了我一个月的工资。

那天你穿着蓝色百褶裙和白色的短袖，甚是好看。"你不要以为你打扮得这么漂亮我就会对你放松警惕。"我谨慎地对你说，可我最后还是输了。

你说："你本来就该赔我。"

我说："你来百货大楼买新衣服是应该的，谁叫我弄脏了你的衣服，可是你为什么要给我也买身西装，还有那件略带粉红的衬衣以及这双稍显成熟的皮鞋，你该不会是要我去相亲吧？"

你仰起头呈四十五度角斜眼看着我说："你猜得没错，我要你见我妈！"

我诧异地瞪大了眼睛望着你说："卧槽！剧情不该这么发展吧！你怎么不按套路出牌！"

"那你还想怎样？"

"这身行头我还是不要了，你能别让我刷卡吗？"

"偏不！"你斩钉截铁地说，不给我留任何机会。

5

你妈姓刘，逼你结婚，这是我事后才知道的大事。

你让我强调自己只是你众多普通好朋友中的一个，而她则告诉我你是1989年生人，比我大一岁。

你让我讲清楚那天你确实和那个彪形大汉牵手成功来着，可是她却告诉我你在航空票务公司上班，专门在柜台办理航空机票各种业务。

你让我一定解释清楚那天为什么你会很晚回家，但是她却拿起一瓶52度的烈性白酒摆在桌前，示意我一定要干一杯再走。

我说："刘阿姨，您这是要考察我？"

你妈说："酒逢知己千杯少，话不投机半句多。"

你和你妈真像，从来都不讲道理，我们干喝了一整瓶白酒，还有你端来的一小碗花生。我扶着墙醉醺醺地下楼，你扶着我跌跌撞撞地走到小区街口。那天你穿的是暗色的酒红休闲小皮鞋，我坐在出租车上满脑子天旋地转，完全不记得你送我出去时尴尬的嘴脸。

后来你告诉我，那一天她也喝醉了，在家吐了一夜。我们关系没有变得有多缓和，但你妈却看上了我，准确地说是看上我做她的女婿，这可把我吓得不轻。

6

我曾听人说过这辈子成为父子或者母女的人一定是上辈子结下了恩怨情仇，有的人是来还债的，有的人是来讨债的。

你妈因为不喜欢你谈的一个男朋友而和你大打出手，把你禁足在家中数日，不许你去见他，你向公司请了一个月的假蹲在家中倒也落得清闲。你在 QQ 上对我说刘阿姨仍然时常提起我，这让我略感惊讶，因为上一次见面已经是半年前的事了。

这一阵子碰巧公司组织旅游，我和同事们去了乌镇，你说你没去过乌镇，念及你当下被禁足的处境，我答应给你带一个礼物，而你也告诉了我你的故事。

你妈和你爸因为性格不合天天吵架，所以很早就离婚了，而你那年十七八岁，又是女孩，所以只能跟着你妈住。你妈又嫁了一个男人，这个男人虽然性情温和对你也很好，但你们在一起相处四五年，你却仍然不愿意叫他爸爸，刘阿姨为此十分介怀。而性格倔强的你偏偏继承了她的火暴脾气，你们经常为此大吵一番。

最终在你和后爸的商量下，后爸帮你搬了家，让你暂时住在别处避免争吵。为此刘阿姨只好两头跑动，照顾你的饮食起居，可你却仍然恨她，这都是因为一个男孩。

7

说起来都是故事，说到底全都是命。

男孩是你的初恋，你运气不错，第一次恋爱就遇到了一个好男孩。他家境不错，比你大三岁，那时你在寄宿学校读中专，你妈和你爸正在闹离婚。而你因为遇见他，而避免了大部分父母离异对子女所造成的不良影响。那段时间，父母虽然争吵不断，但你却收获了人生中最幸福的回忆。

你和他经常沿着学校的景观湖慢跑，那里有许多最纯真的情侣，可是湖很小，十几分钟就能转完一圈，你想到这里总是唉声叹气。你对男孩说要是能看见海多好啊，而男孩什么都没有说。第二天大清早他开着他爸破旧的桑塔纳 2000 停在你寝室的楼下，准备还你一个心愿。

你和他六点出发，沿着环湖公路直奔巢湖，这是你第一次离开合城，去往一个陌生的地方。

男孩在车上迎着朝霞对你说："虽然我们去的地方不是海，但也是一片很宽阔的湖了。"

你激动地摇开车窗大喊："有你在我去哪儿都好！"

你们在巢湖岸边嬉戏打闹，阳光在波光粼粼的绿水间荡漾。玩累了你们就在巢湖市里安安静静地吃一碗豆腐脑，喝一碗辣糊汤。

这是你记忆里最美好的初恋，然而全部都被你妈给毁了。

8

太强势的女人往往婚姻不幸福，刘阿姨通过学校的老师知道了你早恋的事。她把自己对于婚姻的不满全部发泄到了你的身上，这也许是她这辈子做过的最后悔的事，当然这些都是你妈偷偷告诉我的往事，她有一天又找了我喝酒，这件事你一直不知道。

刘阿姨和你说的一样，她拿着一把笤帚满世界追杀你的初恋男友，警告他不许再找你，否则她就报警。你未满十八岁，而那个男孩毕竟只大你三岁，他又怎会知道以后该如何和你相处呢？你们就此分道扬镳，而你妈也让你成了学校的笑话。

你说起这个故事时表情很愤怒，而刘阿姨则是痛哭流涕，这也是你不知道的事。

你还记得 2009 年 3 月的那一天吗？我从乌镇回来到你家约你吃饭，你妈难得答应被禁足的你出门，那不是我有面子，而是因为她拜托的我，我想这件事你现在也应该知道了。

那把青花油纸伞你还没扔掉吧？那是我从乌镇给你带的礼物，而你却告诉我，送伞是离别的意思，这一点不吉利。我猜你那时应该是开始喜欢我了吧？

9

遇见你，我倒了八辈子霉。

那是一个阴冷潮湿的冬天，你哭着打电话告诉我，他走了，我心头一紧。你说是你妈逼走的他，你和新交的男朋友在你家楼下缠绵却被刘阿姨撞见。她和那个男生大打出手，刘阿姨撕破了那个男生的衣服，你摔碎了家里所有的玻璃制品。刘阿姨说你遇人不淑，而你却让刘阿姨走。

刘阿姨终于被你气走了，你却蹲在原地哭了，这些都是我赶到现场时知道的。

刘阿姨不接你电话，却又害怕你出事，所以偷偷给我发了短信，托我照顾你。

我还记得那天你对我说，女人何苦为难女人。我在冰箱里翻出了她为你准备的食材，给你做了一碗火腿鸡蛋泡面，你说我做的真难吃，但你却吃了个精光。

"是不是只有和你谈恋爱我妈才不会反对？"这是我临走时你对我说的话，我什么也没有回答。

10

时间总能冲淡一切。你开始过上了属于自己的生活，刘阿姨再也没来见你。

我在你下班以后接你回家，为你做一碗火腿鸡蛋泡面，起初的几天你还吃得很香，可是到后来你却总是埋怨我厨艺单一，绝对排得上全国倒数第一。我说我怕每天晚上都做好吃的你肯定会爱上我，你笑着对我说绝不可能。我说那好我做的时候你不许捣乱，等我做好了你再回家，你答应了。那一个月我的厨艺渐长。

你开始越来越依赖我。要想搞定一个女人的心就得先搞定她的胃。

我眼看着你从越吃越香到越吃越难受，这时你妈才离家七天。你一边吃一边哭着对我说，你想你妈了，你说我做的饭越来越像她了。

我一时没有忍住告诉了你真相，这些都是刘阿姨为你做的。

第二天，你和你妈终于和好如初，我也总算松了一口气。

11

人和人的交往都讲求一种缘分，有的人可能仅仅交往了几天，却比从小一起长大的朋友还要投机，有些人可能很久很久也没有联系，但却比天天见面的某些人还要亲近。我以为我们会是第二种，但你却再没联系我。

刘阿姨曾在 QQ 里告诉我，你又交了新的男朋友，她问我为什么不主动追你，她会偷偷地配合我。我知道你的脾气，狠了狠心拒绝了她，我被你妈教训了一个下午。

我猜你也许无法再趾高气扬地面对我，因为我知道你所有不堪的往事，也见过你最狼狈窘迫的样子。你需要勇气去面对新的生活，这是我们不能说的秘密。

我和自己过了三年无聊的时光，我决定不再等你。

12

2012 年的某一天，我在合城搬了家，换了一份电视台的工作。我认识了一个有趣的女孩子叫陈冲，她是我的房东，也是我的合租室友，我经常和她坐在客厅里聊起彼此的人生。她是个很会做菜的女孩子，可不像你。

她对我说，你一定喜欢我，只是还需要契机，我对她说，这个契机可能就像奇迹，谁都听说过奇迹会发生，但又有谁有幸遇见。

她给我做了好吃的红烧鱼，而我，特别想你。

2013 年 6 月的某一天，父亲给我打来了电话，他说爷爷生病了，正在医院手术，我急忙冲出路口拦下了一辆出租车。

师傅在车里喊："已经有客人了！"

我不管三七二十一匆忙坐在副驾驶座上大声对司机说："我赶着去医院，麻烦你载我一程！"

坐在我后面的女人说话了，她踹了踹前面司机的座椅焦急地喊道："师傅是我先坐上来的，我赶着上班呢！"

"您能行行好……让我……"我急忙回了头看向后座，一个长相酷似徐静蕾的特别好看的女人和我一样睁大着眼睛彼此对视。

我缓了缓神，说："让我行个方便好吗？"

女人一脸不屑地说："偏不！"

"我真是倒了八辈子霉遇见你！"

"谁说不是呢！"

"你们认识？！"出租车师傅一脚踩下了油门，引擎声响破天际。

山高水长你别闹，后会有期走着瞧。

我苦恼地微笑，对你说："你妈逼你结婚了吗？"

你也同样苦恼地回答我说："谁说不是呢。"

陪 伴

你我相依为命，渐渐日久生情

　　人生中总会遇到数不清的过客与你擦肩而过，天下又怎会有不散的宴席呢？我们每个人都在命运的长河里游走，向喜欢或者厌倦的远方随波逐流。

姑娘漂亮

每个人都会开启自己独自的旅行，兴奋、好奇、恐怖、不安，还有止不住的刺激和勇往直前。在涂晓菲这里，一个人的旅行是一个永生难忘的深渊，结局注定只有残忍与落寞。

1

正所谓冤家路窄，相见恨晚。也许是从我第一次偷瞄女孩的裙底，又或者是从我第一次在熟睡里遗精开始，总之在我练就童子功的第二十五个年头里，我遇到了自己人生路上的第一个敌人。

它叫床，不，它就是床。

每一个清凉、通透、舒适的清晨，床总会用它温暖而又潮湿的身体包围我，仿佛有一个声音在耳边窃窃私语，"来啊，快活啊，反正有大把时光……"我也曾试着反抗，以我练就了二十五年的童子功发誓，可最终它还是消磨了我的意志，撕碎了我所有竭尽全力的伪装。

我就这样在挣扎与不甘中幡然醒悟，好手不敌双拳，双拳不如四手，人多力量大，柴多火焰高……是时候睡一个姑娘了！不，我是说我要找一个姑娘一起起床。

2

说起睡姑娘，涂晓菲一定是我的不二人选。她喜欢抽烟、喝酒、文身，是个女流氓，而且战斗力爆表。

你能想象一个看似乖巧的大眼睛萌妹子，正娇滴滴地拿着一把剪刀，追赶一只满脸懵比的哈士奇吗？那只哈士奇其实没有错，错在那桌子上烧鸡的大腿实在太过诱人。"是那只符离集烧鸡先动的手！"哈士奇一边委屈地嚼着嘴里的鸡骨，一边呜呜地叫着向后退，直到被涂晓菲逼到了墙角无路可退，但仍然不肯低下它骄傲的头颅表示悔过。

"来啊，快活啊，反正有大把时光！"涂晓菲咔嚓了两下手中的剪刀，似乎要夺取哈士奇作为一只公狗的骄傲。

只听"啊呜"一声，哈士奇不知哪来的力量，双脚抵住墙根，来了一个完美的跳跃。我知道它跃过了山川河流，也跃过了星辰大海，更关键的是它跃过了涂晓菲那张涂满昂贵化妆品的漂亮面庞。

扑面而来的尿骚味伴着轻柔的毛发飞过，穿过狗的裆部抚摸雄性"骄傲"的是涂晓菲的脸，"我今天不阉了你我就不叫涂晓菲！"

你们一定没有见过"人狗大战"到底有多么惨烈，那不是排山倒海，也不是残阳如血，那是就算用鬼哭狼嚎，声嘶力竭也不能描述的事情。

"我没有错，是世界错了！"我在哈士奇的眼睛里看到了绝望，而我有大把时光，于是决定睡这个姑娘。

3

哈士奇是我送给涂晓菲的狗。

涂晓菲还是手下留了情，哈士奇被剃光了毛，看起来像一个经过战场洗礼的战士，青白的头皮是它为成熟付出的代价，这场战争没有输赢。

我蹲下身子大力抚摸着哈士奇的身躯，我在它的眼睛里看见了不甘，"你什么时候睡她？"我偷偷对它使了个眼色，"放心，我会替你报仇。""呜呜呜！"哈士奇仿佛听懂了人话，不停地蹭着我的裤腿，一种潮湿的感觉立马遍布了我的全身。

实在是太他妈委屈了！我对涂晓菲说："对不起，早知道就不送你这只狗了！"

"没事，它平时挺乖的，可能我并不适合养狗。"涂晓菲说。

"找一个男朋友，或者养一条狗，这不是你要的吗？"

"也许是我错了。"

4

2008 年，全球正在闹金融危机，我在上海的公司硬挺了一年后，最终以倒闭告终，身为海外华侨的老板和老板娘回了美国，而我则回了合城。

我和一群高中同学扎堆在逼仄的 KTV 包厢里大唱："我曾经豪情万丈，回来却空空的行囊。"涂晓菲实在听不下去了，她在高中时因为早恋被留了级，所以和我们不是一届的。她切了我们这群大老爷们儿的歌，抢了我们几个的话筒，唱起了一首摇滚歌曲《姑娘漂亮》，我到现在还记得。

> 孙悟空扔掉了金箍棒远渡重洋
> 沙和尚驾着船要把鱼打个精光
> 猪八戒回到了高老庄身边是按摩女郎

唐三藏咬着那方便面来到了大街上给人家看个吉祥

MV 里站在舞台上的那个疯子大喊："姑娘！姑娘！你漂亮！漂亮！警察！警察！你拿着手枪！"

涂晓菲像个疯子一样跳上吧台大喊："姑娘姑娘，姑娘姑娘，你钻进了汽车，你住进了洋房！"

再后来我们也一起跟着起哄："我不能偷也不能抢！我不能偷也不能抢！"

最后那疯子在舞台上吼道："我是交个女朋友，还是养条狗！"

涂晓菲跟着吼道："我是交个男朋友，还是养条狗！"

我们彻底震惊了！这哪里还是唱歌啊，这分明是失恋了。

5

"如果你的女朋友突然失踪了，你会怎么做？"涂晓菲问我。

"我哪里有女朋友啊，我只是一只单身狗。"我摸着哈士奇说。

"那如果你送我的哈士奇突然失踪了呢？"

"那我就是追到天涯海角也要把它找回来！"

"可是就算到了天涯海角也找不到呢？"

"你是说你自己吧……"

涂晓菲失恋这件事我一直都记得，那一天她唱完《姑娘漂亮》，她就向我们宣布她要去干掉那个让她失恋的男人，我对她说："你可一定要手下留情！"涂晓菲说："放心，我只是要去扇他耳光！"

第二天我陪她去长途汽车站买了一张去往阜阳的车票，路上大概四小时，我说："现在后悔还来得及。"涂晓菲说："我又不是去送死！"

那是这个女人二十岁以来第一次出远门，为了一个男人奋不顾身。那个男人要回家乡工作，而且还安排了相亲。涂晓菲给他打过无数个电话，可换来的都是冷冰冰的寥寥数语，"我很忙，你不要无理取闹，我们已经结束了。"

涂晓菲用手机录下了这几句话，她在车上一遍又一遍地听，一遍又一遍地攥紧了自己的拳头。她告诉自己不能哭，她要亲眼见到这个男人，让他当面对自己说对不起。

可是阜阳实在是太大了，她到阜阳已经是中午一点，人海茫茫无处寻找——她不知道男友住在什么地方，而男友的电话也关了机。她给他发了一条短信：我就在阜阳，我等你到七点。

七点，是阜阳开往合城的最后一班汽车的时间。

6

每个人都会开启自己独自的旅行，兴奋、好奇、恐怖、不安，还有止不住的刺激和勇往直前。在涂晓菲这里，一个人的旅行是一个永生难忘的深渊，结局注定只有残忍与落寞。

那个男人最终都没有出现，涂晓菲坐在回去的汽车上垂丧着脸，她本来不想哭，可是偏偏老天爷不想给她假装坚强的机会，那一班车在路上因为颠簸而抛锚，四小时的车程开了十二小时。当我接到她打来的电话时，周围没有一个人去安慰她，她哭着对我说："王也，我找不到他了，我把他丢了……"

我听她哭了半小时，然后手机因为没电而自动关了机，再后来我听朋友说涂晓菲离开了合城。

她一个人去了大理，去了丽江，去了西双版纳，也去了香格里拉，再后来她选择一个人居住，定居在了昆明，那是一个四季如春的地方，人们叫它春城。

五年后的春天，我坐上了开往春城的火车，因为公司的安排我去那里开店，涂晓菲接待了我。

7

"我其实找到他了。"涂晓菲蹲下来摸了摸躲在我身后的哈士奇，对我说。

"你扇他耳光了吗？"我说。

"我回合城以后，他给我回拨了电话，但我没有接，后来他给我回了很多短信，我才知道他之前没有接我的电话是因为手机落在家里充电了，虽然我已经不在乎他说的是真是假了。"

"那你为什么还要出去流浪？"

"因为我不只丢掉了他，还丢掉了自己。"

有能耐的孙悟空都扔掉了铁饭碗出国闯荡，靠水吃饭的沙和尚也不得不为了生存把鱼捕杀精光，全世界的猪八戒们终于可以原形毕露去饮酒作乐按摩桑拿，一本正经的唐长老只能在街边吃着泡面靠骗人营生。

我问涂晓菲："你还记得《姑娘漂亮》这首歌吗？"

涂晓菲说："你是要交个女朋友，还是要养条狗？"

我说："姑娘没有钻进汽车，姑娘也没有住进洋房，但你却依旧漂亮，警察也仍旧拿着手枪。"

涂晓菲说："你到底想说什么？"

我说："其实单身狗，也是狗啊！"

区域经理与酒姑娘

酒吧里的人都听过一个传说，午夜十一点半，如果你碰到一米七以上的单身女孩子，那么你一定要请她喝酒……

1

朋友知道我是个文艺穷屌丝，又特爱在微博上写故事，于是破口大骂我是装 B 范儿，骂完，他擦了擦嘴，给我推荐了李荣浩的一首新歌《李白》，歌里是这么唱的：

> 要是能重来，我要选李白
>
> 几百年前做得好坏，没那么多人猜
>
> 要是能重来，我要选李白
>
> 至少我还能写写诗来澎湃，逗逗女孩
>
> 要是能重来，我要选李白
>
> 创作也能到那么高端，被那么多人崇拜

噗！我喷了朋友一脸的盐汽水，吓坏了墙根支起后腿迎风撒尿的土狗"黑胖"。它朝着我们直叫唤，我不理它，谁叫丫老在小区门口随地大小便，这下好了，想尿都尿不出来了，等到思念像海的痛苦也让丫好好体验一把，活该！

我想起了不堪回首的往事，那是 2010 年的夏天。

夏天是荷尔蒙躁动不安的季节，宁国路的烧烤摊已经被烟雾笼罩，这里是合城的龙虾一条街，也是合城的酒吧胜地。我时常来往于这条街，应付着永远没有停歇的酒桌饭局，应付着我那疲惫不堪的肾与膀胱，我不能喝酒，我经常尿急。

我时常红着脸和客户们堪堪告饶，尿遁，成了我叱咤酒桌的专有技能，但是有时它也需要技能冷却。于是，醉酒成了常事，喝酒也成了我的软肋。"我真不会喝酒，我确实尿急！"这是我那段时间的座右铭，直到我认识了酒姑娘。

2

我与酒姑娘是在合城偏远郊区的一个楼盘相识的，做的是拼命熬夜、拼命加班的二狗子工作，俗称"地产策划"。这小妮子身材壮硕，皮肤白皙，一米七二的个头儿从后面看活像个纯爷们儿，但是中国只有一个纯爷们儿。于是老天开眼，给了她笑起来会说话的弯弯眼睛，也给了她足以媲美舒淇与安吉丽娜·朱莉的性感红唇。她笑起来很美，像个温暖的活菩萨，这是我对她的感觉。

说件酒姑娘的逸事。那年我还是个玉树临风、潇洒万千的流浪汉，公司给了我一个牛 B 闪闪的绰号"区域经理"。每当第一缕阳光透过橱窗温柔地呼唤着满脸哈喇子的土狗黑胖时，牛 B 闪闪的区域经理已经起床，开始了一天的劳作。

今天的任务是给远在郊区的酒姑娘送文件，合城真他妈大，大到送一份文件居然花了我整整一天的时间，因为郊区交通欠发达，我转了三趟公交，花了整整四十五元打车钱才回到家。

整整四十五元，能抵我一个月的口粮，当然如果我每天只吃一个馒头，说不定还有余钱买酒。我苦哈哈地想着，正要睡去，突然一首激情洋溢的歌声打断了我，"如果我是 DJ 你会爱我吗？你会爱我吗？你会爱我吗？！"我丧心病狂地跟着唱了起来，此时已是深夜两点半。

"妈蛋！谁打我电话？几点了？"我气急败坏地接通了手机。

"亲爱的，我喝醉了，来接我回家！"对面传来爽朗的声音。

"你谁啊？"我闭着眼睛喊道。

"嗯，对，就是在宁国路这边，你到了啊，我在车上，马上到。"

这什么情况？打错了？我不管三七二十一闷头就睡。

第二天才发现是酒姑娘打来的。酒姑娘说："人在江湖漂，哪能不挨刀。"原来那晚她又一个人深夜去喝酒，晚上打车察觉租车师傅不对劲，于是机智的她恍如神探夏洛克附身，随手打了一个电话过来，没想到自说自答倒真唬住了出租车师傅，总算是躲过了一桩祸事。

听到这里，我顾及她毕竟是个女孩子，于是拍着胸脯说："下次你再喝酒，记得一定要告诉我。"酒姑娘说："怎么？你也想英雄一把？"我说："我好提前关机！！"

3

酒吧里的人都听过一个传说，午夜十一点半，如果你碰到一米七以上的单身女孩子，那么你一定要请她喝酒，她们都是单身剩女在酒吧里的影子所化。因为太孤独，所以时常讨酒喝，如果你不理睬，那么你会一辈子单身！当然这都是酒姑娘造的谣。

酒姑娘嗜酒如命，她经常呼朋唤友撺掇大家讨酒喝，有钱的时候你只能在酒吧找到她，没钱的时候，你也只能在酒吧碰碰运气。有那么一阵子，我和酒姑娘组了个队，叫"没心没肺小分队"，我们经常在深夜里买醉，而大多数情况醉的都是那个牛B闪闪的区域经理。

我不是一个随便喝酒的人，但我一喝起酒来就不要命地乱窜。那一天是公司聚会，我第一时间想到了酒姑娘，于是大家作陪吃了一顿爽利的晚餐。

我只记得当时喝了很多酒，但后面的事却始终想不起来了，只记得酒姑娘对我说："胖子，你不要闹了，你要玩什么，我跟你走！"于是我们从宁国路跋山涉水走到了步行街，又从步行街千山万里下到包河万达，再从包河万达拼了命地绕回了最初的宁国路。

我们好像还在商场里看别人玩了一会儿太鼓达人那种游戏机，但酒姑娘却特别不愉快地瞪着我说，整个一晚上都是陪着我瞎跑，徒步合城五万里不可怕，带着胖子徒步合城五万里也不可怕，但带着喝醉了的胖子徒步合城五万里那就是人生最最可怕的事了！我说，我记得我没有在大马路上脱衣服。酒姑娘说，是的，你没有，但是你唱了歌。我急忙装糊涂，这一夜算是翻了篇。

4

我与酒姑娘会面大多都是因为喝酒，我曾狼狈不堪地帮她搬运新家，只因能够一起讨酒买醉，好不洒脱；我曾马不停蹄地奔赴站点，只因酒姑娘留了扎啤听我装B带我喝；我曾坐遍公交赶万里路去见她，只因她染了好看的头发，要喝酒庆祝，大声唱歌。

我们度过了一段难熬的日子，在酒桌上完成了我们的成年礼，我再也不怕喝酒，因为酒姑娘给了我喝酒的勇气。酒量是天生的，而酒胆是后天的。

我们是没心没肺的喝酒小分队，但队伍最终总有解散的一天。记得那次见面，酒姑娘宣称她再也不喝酒了，而那也是我们最后一次见面。

我们再也没见，一晃就是三年。

5

在这三年里，我去过北京，住过上海，来往于新疆到福建的火车上匆忙地等待戈多。我留起了胡子，活像一位算命先生，我再也不是当年玉树临风、潇洒万千的区域经理，但我仍在流浪。

直到我写起了小说，我才想起了酒姑娘。我大着胆子点开了她的QQ对话框。

"你还在吗？"我小心地问。

"嗨，好久不见。"酒姑娘的头像亮了。

这是三年里的第一次对话，我们聊了很多，我很激动，说起了很多往事。

酒姑娘说："当时为什么我们没有谈恋爱？"

我说："难道那时候我们在一起是狼狈为奸？"

酒姑娘说："难道是星座的问题？"

我说："我是天蝎座。"

酒姑娘说："原来是因为星座。"

酒姑娘给我推荐了两首英文歌，一首叫 *I'm In Here*，一首叫 *Save Me*，我推荐给她一首歌《李白》，歌里是这样唱的：

> 要是能重来，我要选李白
>
> 几百年前做得好坏，没那么多人猜

要是能重来，我要选李白

至少我还能写写诗来澎湃，逗逗女孩

要是能重来，我要选李白

创作也能到那么高端，被那么多人崇拜

要是能重来

要是能重来

…………

我叫程大力

他叫程大力，他是个逗比！

在难搞的日子里，我们笑出声，一起出差，一起巡店，我们肆意江湖，我们走遍山川。我永远忘不了在福建连江县的日子，在那里我们成了生死之交。

1

"子鼠、丑牛、寅虎、卯兔、辰龙、巳蛇、午马、未羊……"我掰着指头数着年数，十二年一个轮回。现在是九局下半，我活蹦乱跳地过完了人生的第二轮，而等着我的则是马不停蹄地奔三生活。

马年是从分别大力开始的。大力是我的好兄弟，我们是生死之交。

第一次听闻大力，是在合城某家巨头餐饮公司，我是个苦逼的储备店长，行话就是打杂的，而大力已经是声名赫赫的商务店长，专门负责外地加盟店的开业运营。

在油腻难闻的后堂，牛角巨扇撕心裂肺地切割着席卷而来的气旋，七八个大汗淋漓的小伙子被风吹得瑟瑟发抖，我是储备店长，我度过了一整个可怕的夏天。

2

这里是切配间，我们是牲口。这里有堆积如山的土豆，这里有堆积如山的洋葱，这里有堆积如山的胡萝卜，这里还有堆积如山的大蒜头。我的任务是在中午之前把他们切成菱形块！去他七舅姥爷的菱形块！老子连皮都不会削！我愤怒地剁碎了一筐洋葱，牛角巨扇吹了我一脸的泪水。

"大力回来了！"说话的是店长夏姐，我眯着眼睛侧脸望去，这不是甄子丹吗？大力有着名人的脸，身材苗条，四肢修长，俨然顶着一副主角光环。我抹了抹眼睛，以为没有看错，但我还是哭了，是洋葱，没错，就是洋葱。

"不如让我来试试！"大力严肃地接过我手里的片刀，有人配合地递给他一个土豆。

"你刚刚拿刀的姿势不对，食指要握紧刀柄，左手要抵住土豆，先切一个面，然后站稳，按尺寸斜着切，你看，是不是切出了一个……"

"呃，圆形？"我疑惑地看着大力。

"让我再来一次。"大力故作沉稳地说，我能看到他额头的汗水已经拂过眼角。

一刀，两刀，三刀，"你看，土豆丝完成了！"大力骄傲地抬起了头说道，"平凡的食材造就非凡的味道，配上点辣椒，还有一些醋，这就是中国人最爱的菜肴之一，这是大自然对人类的馈赠！"

"尼玛！说好的菱形块呢？！"众人哄笑一堂。

"妈蛋！快滚去削菜！"大力屁滚尿流地躲过了夏姐的扫帚，众人也平复了情绪，他站到了我的跟前，伸出了一只右手，说："重新认识一下吧，我叫程大力，你的培训督导。"我愣了愣神，有种想死的念头。

3

熟读武侠小说的人都知道，有一种武功叫"拔刀术"，在出刀的第一时间讲究瞬发的威力，所以出刀要快！狠！准！而善使拔刀术的侠客们，要论武功高低，则有一个不成文的规矩，谁的虎口老茧多，谁就是功夫练得最深的。

我握着大力的手，感触着他手心从虎口到掌中连成一片的厚厚老茧，有一种视死如归的感悟，怯怯地说："你一定刀功卓绝，只是深藏不露罢了！"

大力严肃地说："最近皮肤过敏，起了不少手癣，你不要见怪！"

他叫程大力，他是个逗比！

在难搞的日子里，我们笑出声，一起出差，一起巡店，我们肆意江湖，我们走遍山川。我永远忘不了在福建连江县的日子，在那里我们成了生死之交。

4

如果打开福建地图，你会发现在最靠近海边的地方有一个县城，请允许我用烂俗的话形容它，这是个神奇的地方！

连江在中国归两个地方管辖，你可以说它是福州连江，也可以说它是台湾连江。我之所以这么精通，全赖手机定位，这里是台湾没错，至少有一半归台湾管辖。但它神奇的地方却不在这里，为什么这么说？因为连江没有男人！准确地说，没有二三十岁的精壮男人！我们发了，这里是活生生的女儿国。

大力和我来连江是为了帮加盟商开店，加盟商叫"胡七"，喜欢胡吹海喝。

他说："连江没有男人，有钱的包船捕鱼，一天下来上百万，直接捞钱去海外。"

"那没钱的呢？"我和大力大眼瞪小眼地问道。

"没钱的也包船捕鱼，捕不到就逃去了海外！"胡七喝了口烈酒，舒服得叫出了声，那一夜，我们彻底醉了。

5

装修、买货、备料；考察、实践、操练。短短七天时间，加盟店终于有了点儿样子，我们也干得热火朝天。

"谁来帮个忙，抬煤气罐！"胡七喊道。

"煤气罐？"我巴巴地看了眼大力，发现他也在看着我。

我咬了咬牙，正在犹豫不决，只见大力一个箭步，坚决地退到了我的身后！妈蛋！

我曾在心里千百次地呐喊，但还是敌不过胡七的目光。我举起手臂，用力地喊："一！二！三！"费力地拎起了罐子，朝后堂移去。

到了后堂，我和大力说："叫胡七找个验煤气罐的，帮我们装一下。"

大力说："没事！看我的！"

我不该相信大力，就像我们第一次见面不该相信他的刀功一样。煤气罐的安全阀是大力装的，他说包管没事，我就试着吊起大锅烧起了员工餐，还是那道名菜！酸辣土豆丝！

大力乐呵呵地和胡七在店门口抽烟，只留下了苦逼的我。

一个人掌勺，你就是大厨！我能感觉到整个后堂都是我的天下，我拿的不是炒勺，我拿的是寂寞！宇宙无敌霹雳天下酷炫狂拽屌炸天的寂寞！这是我第一次下厨！屋子里杀气腾腾！

"煤气味好浓啊！"说话的是进来倒水的服务员。

"你说什么？！"锅里是嘈杂的炒菜声。

"我说你煤气罐漏气了！！"服务员大喊，然后狂奔着离开。

我就知道靠山山会倒，靠人人会跑，大力的不着调，我早就心知肚明。这一刻，客观地说，我表现出了远高于同龄人的镇定，这是大力事后对我的评价。

我用盖子盖住了锅，熄灭了锅里的火油，又快速旋转阀门，拧紧了煤气罐的出气口，然后是仔细地听。

嘶嘶！原来是安全阀没拧紧，我快速地旋转阀门上的螺母，终于再也听不见魔鬼的声音，嘶嘶！这一刻我还浑身发抖！

"妈蛋！程大力！你差点炸死你的小伙伴！"我怒吼着。

"妈蛋！王大也！我差点炸死我的小伙伴！"大力也和我对吼起来。

我们厮打在一起，滚过前厅，滚过店门，滚过道牙，滚过沿路美女的裙角，那里藏着男子汉的秘密。

"我错了！"大力躺在地上，伸着腰。

"我们这也算生死之交吧！"我望着天，犹如浩瀚海洋。

"生死之交万岁！"大力喊道。

"生死之交万万岁！"我跟着附和。

这是难忘的连江时光。

你叫程大力，你是我一辈子的生死之交。

再苦也要去拖地

我握着自己的宝贝在店里拖地，客人们来来往往，有的人记得我，有的人忽视我，有的人对我说谢谢，有的人对我说再见，而我则默默地观察着他们。

1

我曾有过开店的念头，潜伏在火锅店里偷师学艺。"打不还手，骂不还口"是我那段时间的真实写照。在经历了三个月打扫厕所，掏下水道，整理垃圾堆的基本功之后，我终于有了佛的气质，周身环绕着一种苦的气场。

店长不再催促我出门接客大喊欢迎光临苦海无边回头是岸，大厨也不再呵斥我切光边角料放下菜刀立地成佛证罗汉果位，只有打杂的洗碗阿姨在我蹲在角落喝稀饭的时候，会给我偷偷塞两个坚如磐石的冷馒头。她说："多吃点，别太急，吃不下还可以放身上。"我一时激动听岔了，以为她说："多吃点，别带暗器，吃不下还可以防身呀。"我怀揣着沉甸甸的暗器馒头，默默流下了大仇得报的眼泪，我知道我终于融入了这个火锅店，成了店里的一分子。

待在店里的生活是寂寞而充实的。我有一根宝贝，又直又长又软又湿，它叫拖把，是我在店里打杂的精神支柱。每当握着手里的宝贝我的眉、眼、口、鼻都显出圣人的模样，平淡而真挚，穷酸而怜悯。

我热爱拖地，因为它是我聆听世界，奋笔疾书的灵感源泉。

2

在前厅拖地会遇到很多有趣的故事，比如眼前正面对面相亲的九号桌，除了一男一女，还有两位大妈坐在一旁好似垂帘听政。

九号桌的男孩是合城的本地人，本科，今年二十八岁，在一家网络公司上班，老实踏实，话不多，平时最大的爱好就是弹弹吉他，打打篮球，不爱喝酒，也不会抽烟，要问工资有多少，那可都是按年薪算的，这些都是男方大妈描述的具体情况，好一个先发制人！我暗暗拍手叫好，一边默默低头拿着自己的宝贝拖地。

轮到女方大妈出招了。

"我闺女是中科大的研究生，今年二十四，上得厅堂，下得厨房，还没有谈过对象，除了读书，听听音乐，平时撵她出去逛街都不逛，你说让不让人发愁。还是你家儿子好啊，不像有的年轻人喜欢抽烟喝酒……"女方的妈妈噼里啪啦地说着。

我能感受到男生和女生之间尴尬的气场，他们一句话都没有说，任由双方母亲谈判，好似卖女儿，卖儿子。我托着下巴听得有些乏了，正准备离开时，两位母亲的目光仿佛两座大山压在了我的身上，双方的母亲突然直勾勾地盯住了我，说："小伙子，你看他俩有没有夫妻相？"我望着大妈们闪闪发光的眼睛，认真地说了一个字："有！"大妈们喜笑颜开，居然兴奋地拍掌，手拉手一起去了卫生间。

男生对我使了个眼色，我知道他说的是"委屈你了"。我对男生抱了抱拳，你们聊。然后径直走向了八号桌。

男生抿了抿嘴，好似下定决心一样，他终于鼓足了勇气开口，对面前的女生说："不要再纠缠我爸了"。仅仅一秒钟，四周的空气仿佛都凝固了，桌上的火锅在烧，你能听到锅里的噗噗声，辣得蒸腾，我他妈在八号桌摔倒，摔断了我的宝贝。

3

我明白了一件事——不要以貌取人，也不要妄下决断，就像我的宝贝，又直又长又软又湿。我费了九牛二虎之力用胶布把它缠好，又用碎布料给它打了个结实的结，它看上去断了，但其实还连着。我又重新拥有了生活的支柱。

接着我遇见了十七号桌。

十七号桌的主人是个满头卷发的姑娘，只有她一个人，其余的伙伴都走了，火锅还在冒烟，店里已经快要打烊，我被店长指派去十七号桌，店里只剩这一个客人，是的，我要去催客了。

我相信有些人一定经常受到饭店的特别照顾，你在店里某个角落等人，突然有一个帅得一塌糊涂的服务员出现在你的面前，他问你需不需要添水，然后给你添上，然后每隔几分钟就出现一次，不断地倒水，你暗叹这家店服务真好，而服务员则暗叹你他妈什么时候滚蛋，说来可悲，但这是服务业的潜规则。

"小姐你好，要不要给你添点茶水。"我若无其事地拖着宝贝，移到十七号桌的边缘，"不用了，谢谢。"我以为她会这样跟我说，但我错了，她说："你能送我回家吗？"我有些脸红，这和电视里演的不一样啊，我他妈确实帅得一塌糊涂，但我只是来倒水的呀，于是我可耻地和店长请了假，搀扶着十七号桌的女客人出了店门。

我的春天来了。

十七号桌的女客人叫郑心，她真的只让我送她回家。我送她到家门口，然后她示意我要不要上去喝杯茶，我他妈是来喝茶的人吗，喝茶我不会在店里喝？于是我拒绝了她，一个人孤独地回到了店里。饭店正准备打烊，而我还要值班，我沮丧地握着宝贝哭泣，我真的不爱喝茶，喝茶都是赶人走的破伎俩。老板说我是一个傻子。

4

十七号桌的主人经常会出现在店里，而且每次都叫我去买单，还有九号桌，我经常能看见那个男生和他妈妈不断地在店里相亲，有的是他同父异母的妹妹，有的是他父亲的情人，我有些好奇男生的父亲是怎样的存在，也许男生叫段誉，而他的父亲叫段正淳，我邪恶地想着，又给十七号桌的女生倒了杯茶水，这就是一个饭店的日常。

我握着自己的宝贝在店里拖地，客人们来来往往，有的人记得我，有的人忽视我，有的人对我说谢谢，有的人对我说再见，而我则默默地观察着他们。

今宵欢乐多，有个美女客人喝醉了，她指着三号桌的半箱啤酒对我说："服务员，就你，来陪我喝了！"我握着又直又长又软又湿的宝贝，显得有些慌乱。

店长不再催促我出门接客大喊欢迎光临苦海无边回头是岸，大厨也不再呵斥我切光边角料放下菜刀立地成佛证罗汉果位，只有打杂的洗碗阿姨在我拿起酒杯大碗喝酒的当下，偷偷地递给我两个坚如磐石的冷馒头，她说："多吃点，别太急，垫了肚子才能千杯不倒好办事。"

我想我一定是喝醉了。

再苦也要去拖地！

你这个骗子

每个人身边都或多或少生活着几个孙武和孙斌，他们的青春不太一样，但匆匆岁月却总有明媚的忧伤，只因为他们爱上了同一个女人。

1

朋友在看《匆匆那年》，她擦着鼻子，抹着眼泪问我："青春是什么？"我说了四个字："2B往事。"她继续哭，我只得话锋一转，又说了四个字："年少轻狂。"

年少轻狂，是酷暑里顶着烈日与伙伴们在篮球场拼命地挥洒汗水；年少轻狂，是匆匆岁月情窦初开用力把妹的无知与迷惘；年少轻狂，是网吧、迪吧、酒吧的泡吧成人探险之旅；年少轻狂，是对长大的声嘶力竭的渴望。

当然，也有例外。

孙武是我在高中认识的帅哥。匆匆那年，他从不拼命念书，只会拼命睡觉，但成绩却一直大起大落，上过年级前三，也跌过年级两百，在花痴学妹的眼里，他俨然成了年级里的表率，老师拿他也没有办法。可是他的秘密只有我知道，他是双胞胎，他是个骗子。

那是高三毕业英语口语考试的上午，我和孙武还有几个朋友按照分配的考试时间来到了考场，气氛诡异，有人已经出来，面露苦色。

那是年级的尖子生，平日里一直耀武扬威。我们很高兴，手舞足蹈地摆了个"2B"的姿势，目送着他从我们身边幽怨地离开，真是大快人心！

不知是谁说了一句："妈蛋！这么变态，还有谁能考过？"顿时，我们又像泄了气的皮球瘫软在角落，活像一坨大便。但有一个人很刺眼，像一朵铿锵玫瑰，深深扎在我们这一坨里，光芒万丈！

孙武，他居然站着。阳光透过刘海的一缕青丝，穿过额头的修长指尖，紧接着是弥漫的头皮屑，好似雪花。"I can do it！"孙武潇洒地说。"揍他！你丫装 B 可以，但别吓到孩子好吗！"考场走廊上映衬着一场皮影戏，里面是三五个飞脚大汉，不忍直视。

2

口语考试开始了，我们一个一个进场，跟着老师朗诵手里的英语稿件。题目很难，我斜眼瞥了一眼孙武，中间他上了趟厕所，刚回来，我默默为他祷告，"神啊，饶了他吧，他就算拼了命也说不出鸟语的。"

但我错了。我知道形容人很会说话，可以说他语惊四座、出口成章、舌灿莲花；我知道形容人说话好听可以说他声似银铃、妙语连珠、娓娓动听。正当孙武流利地吐出一句句"英格力士"的时候，我们几个都傻眼了，这他妈确实是孙武，我也确实想说："真尼玛，语惊四座！出口成章！舌灿莲花……"

从考场走出来的时候，哥几个已经精疲力竭，但我们还是在厕所逮住了孙武，准备质问这厮是不是穿越了，谁知另一个孙武突然从厕所闪出。

"站住！"朋友大喊。

虽然是一晃眼的工夫，但还是看清了那人，长相相同，穿着相同。

"你妹的，你他妈是双胞胎！"我们几个扭打在一起，"说！第几回了，怪不得考过年级前三，原来丫有替身！"孙武苦苦求饶，"那是我弟弟，我初中留级了一年，所以他比我高一届不在一个学校，我不是有心隐瞒的。"

"他叫什么？"

"爸妈希望文武双全。"

"噢，他叫孙文？"

"孙斌。"

"妈蛋，给我继续揍！干他！"

这是我在高中记忆里的骗子，从不拼命念书，只会拼命睡觉，不知有多少人学他，不知有多少人上当。

3

高中毕业以后，合城已经不像以往那样热闹，朋友们四散求学，少有还留在本地的。有几次我在路上碰见过孙武，我喊他："骗子！"上前架着他的脖子，弄乱他的头发，但是孙武却一把将我拉开，"你认错了，我是孙斌！"这是只有双胞胎才会遇到的尴尬，当然有的时候也是他们的把戏。比如你借了他五百块钱，但他却总是不还。

"妈蛋！少装，还钱！"我扯着他的头发。

"你妹，这都能认得出！"孙武一脸惊愕。

"孙斌我刚在大学城见过。"

"干！"

类似的事情还有很多，但是能有一对双胞胎朋友，确实是值得炫耀的事情，因为我们总是串通一气开玩笑，比如坐电梯。

老式的商场都有观光电梯，里面有乘务员帮你操控，孙武总是先进去，等到了楼下电梯再上来的时候，孙斌再进电梯，于是，胆小的乘务员会被吓得跌坐在地上捂脸大喊："雅灭蝶！"很是有趣。这对活宝也成了我们所有聚会的座上宾。

4

每个人身边都或多或少生活着几个孙武和孙斌，他们的青春不太一样，但匆匆岁月却总有明媚的忧伤，只因为他们爱上了同一个女人。

小雅是我很久以后才知道的名字，她是孙武的初中同学，也是他的初恋。就是因为她，孙武在初中才留了级，当时对方家里死活不同意，孙武的父母倒是不怎么在乎。后来小雅和孙斌考上了一所高中，又上了同一所大学，也许是命运的捉弄，孙武换了几任女友以后，孙斌居然和小雅好上了，并且小雅把对孙武的不满全都发泄到了孙斌身上，久而久之两兄弟反目成仇，我知道这是一个女人的报复。

"小雅怀孕了，孩子不是孙斌的。"这是孙武给我发来的短信，我有些愕然，"孙斌呢？"

"当然和小雅分手了。"

"那怎么办？"

"你能借我点钱吗？小雅要做人流，我筹了点钱，还差几百。"

我汇了一千过去，叮嘱孙武多买点补品给小雅补身子，对于这样一个女人，孙武还这么帮他，我有些始料不及。

再后来几周，小雅已经没事了，并且离开了合城，听家里说是到北京备考雅思，准备出国。

　　小雅的事情算是告一段落，孙武和孙斌在以后的聚会里也都只字不提，直到有一天在酒吧喝醉，孙武才告诉了我一个惊天秘密。

　　"有一天，我去大学城找孙斌喝酒，却被小雅撞见，死活非说我是孙斌要我原谅她，我知道那段时间孙斌和小雅闹矛盾，于是就假戏真做了……"听到这里，我胸口处仿佛有一把重锤在敲击，口吐鲜血，奄奄一息。

　　孙武又说："你先别慌，孩子生了！"我嗖的一下直起了身子，满嘴的鲜血又活生生吞了下去。

　　孙武看着我的脸，面带犹豫，突然又笑起来活像满脸褶子的宋小宝，他温柔地握了握我的手说："我和小雅要结婚了，你能借我点钱吗？"

　　我一个趔趄摔倒在吧台下面，大声喝道："妈蛋！你这个骗子！"

够了，陈来妹

他对我说："Yerik，我喜欢你，你喜欢我吗？"Yerik 是我的英文名。我说："够了，陈来妹！你是中意混血，你只是一个三岁的小朋友，而且你还是一个男孩，我们不能谈恋爱。"他一下子哭着对我说："可是妈妈不要我了……"

1

我的哥们儿 Nico 最近遇到了一个不小的麻烦，他因此寝食难安。我是他在南京唯一的朋友，为了找我诉苦，他总是跑到我老婆的店里碰碰运气，而我恰巧经常躲在那里。

他对我说："Yerik，我喜欢你，你喜欢我吗？"Yerik 是我的英文名。

我说："够了，陈来妹！你是中意混血，你只是一个三岁的小朋友，而且你还是一个男孩，我们不能谈恋爱。"他一下子哭着对我说："可是妈妈不要我了……"

陈来妹是 Nico 的中文名字。他的妈妈是中国人，叫陈俐，爸爸是意大利人，叫 Lucas。陈俐从怀上 Nico 时就一直声称自己希望生个女孩，哪知道最后居然生了个男孩。亲朋好友为了安慰陈俐，总是叫他"来妹"，寓意 Nico 是能够带来妹妹的小孩。陈俐倒也干脆，后来真给他取了陈来妹这个名字，反正 Lucas 也听不懂中文，我们就一直沿用至今。.

当然 Nico 并不喜欢这个名字，而且他的外公，也就是陈俐的父亲名叫陈来福，他总是对陈俐说："你是不是反了，外孙怎么能取和我同辈的名字，而且这么丢人像个女孩！"陈俐总是回他："重点不是辈分，您的名字就好听吗？"

陈俐就是这样一个女人，心直口快，有自己的主见，不然她也不会嫁个老外。

2

陈俐自己经营了一家服装店，就开在我老婆婚庆工作室的正对面，这也是我认识 Nico 的原因。一年前我还站在我老婆工作室的外面绞尽脑汁想着怎么进去和她搭讪，而 Nico 已经能够大摇大摆地走进店里和我老婆说："抱抱。"然后说："亲亲。"最后说："我喜欢你。"可恶，这个小孩子把我这辈子想干的事都干了，这是我对 Nico 第一次的感观，他真是一个极其会撒娇的小浑蛋。

Nico 遗传了他爸爸意大利人浪漫的血统，总是会给身边的人带来难以言喻的幸福感，特征之一就是"嘴甜"。那时我刚和我老婆熟络起来，已经被默许频繁出入她的门店——结婚吧婚礼工作室。

工作室里经常坐着七八个女人，都是隔壁四邻闲着开店的妈妈娘子（妈妈娘子是本地的方言，指带着小孩的年轻妇女），可能是因为我老婆工作室的名字听上去特别浪漫，大家都喜欢待在里面聊天打趣，最集中的表现就是在叫外卖的时候，所有的妈妈娘子都喜欢对送外卖的小哥说："把饭送到结婚吧，对，我们结婚吧的结婚吧……"结了婚的女人是不是都特别喜欢调侃男性，外卖小哥每次进来的时候都面红耳赤，我猜他肯定是支持我这种言论的。

　　在这么一群女人之中，但凡是个有点血性的男子都会感到缩手缩脚，毕竟你面对的是堪比娱乐八卦绯闻的大尺度聊天座谈会。我从来不知道女人扎堆在一起会聊些什么，我是不会告诉你们隔壁老李家的丈夫一天和他老婆来五次亲密接触的，原来世界上还有个叫作冈本003的东西能做到极限超薄……总之在这群人中只有 Nico 能做到从容面对，因为他听不懂这些，而且总是和所有人说："我喜欢你。"

3

　　第一次被 Nico 甜到幸福，就是因为那句我喜欢你。当时七八个女人正围坐在茶几的周边嗑着瓜子聊着天，我一个人坐在电脑边上看网剧，等待老婆下班。Nico 看其他人都不理我，就径直走到我身边用他那稚嫩的小手抓着我的裤腿说："抱抱！"我哪里会理睬他这种行为，那时我们还不是很熟，更何况他老是占我老婆便宜，我总是这样愤恨地想。

　　我说："你找其他人玩去，叔叔有事。"Nico 有些不甘心，他揉了揉眼睛，挤出一点儿眼泪，然后用蜷缩起来还不如小笼包大的手朝我挥了挥，示意我低头听他说话。我看着奇怪，就低下头听他说。

　　Nico 用小手捂着我的耳朵，轻声说："我喜欢你，你和他们不一样。"坦白来说，虽然我知道这小鬼嘴巴很甜，我也早做好了躲过他这颗糖衣炮弹的准备，但我心里还是忍不住地莫名感动起来。

　　我最讨厌小孩子了，特别是长相还特别好看的混血儿。"妈的，叔叔也喜欢你，来，叔叔抱抱！"我一边用手抹着眼泪一边抱起 Nico，隔壁七八个女人眼放精光注视着我，我猜想明天我八成要成为她们嘴里的谈资了。

4

Nico 除了嘴甜还有一项特殊的本领，姑且叫作"装 B"吧。

装 B 一词在某部新华字典里被解释为两种意思：一种是卖弄自己，假装自己很厉害获取虚荣心上的满足；一种是扮猪吃老虎的简称。在这一点上，我给 Nico 满分。

记得一次聚会，我老婆答应陈俐带 Nico 去一个五星级酒店吃自助餐，而陈俐自己则要留下来顾店，我坐在老婆的电动车后面，Nico 站在电动车前面踏板的上面开心得手舞足蹈。

老婆说："Nico 你别乱动，再乱动我不带你去吃饭了。"

Nico 说："干妈，我妈妈喜欢我但是她都不给我买吃的，你喜欢我的话，你能给我买菜包子吃吗？我想吃韭菜馅的，或者葱油饼也行。"

Nico 会说三种语言，汉语、英语，还有一点点意大利语，他知道对什么人说哪种语言。就在 Nico 熟练用汉语和我老婆撒娇的时候，我们终于抵达了五星级酒店的门口，富丽堂皇的酒店大厅里坐满了衣着光鲜的俊男靓女。Nico 踱着步子，双手背靠在身后，居然有模有样地对大厅里的服务生说："So many people！Oh！Beautiful……"Nico 用尽了他这短暂三年学会的所有英语单词来赞美他眼中金碧辉煌的酒店，我和老婆跟在他身后，默契地彼此对视了一眼，"看看人家是怎么教孩子的！"我们默默地给他这次装 B 打了满分。

除了在吃饭口味上，Nico 已经被我们拐成了彻头彻尾的中国农村土小孩，还有在听歌品位上我们也不忘从娃娃"坑"起，《两只蝴蝶》

《我的家在东北》是我们教会 Nico 唱的歌。Nico 在歌唱方面是很有天赋的，他回去唱给陈俐听，陈俐抄起拖鞋就杀到我们店里，问是哪个挨千刀的这么毁他儿子。还好，最后我们终于妥协，开始教 Nico 更洋气的歌曲了，他现在迷上了《如果我是 DJ 你会爱我吗》和《电音之王》不能自拔。我们正在考虑要不要教他新的神曲《小苹果》，此时 Nico 就跑了进来，哭着说，他妈妈不要他了，我们一个个大眼瞪小眼，陈俐突然跟了进来，对我们说，她怀孕了，原来 Nico 要当哥哥了。

5

陈俐和 Lucas 的恋爱故事还是值得说一说的。陈俐大学实习的时候被分到广州，在那里除了要习惯使用粤语交流，还要习惯用英语和香港的同胞们打交道，陈俐为此磨炼了不俗的口语交际能力。

但是天下父母都担心女孩离家太远，陈俐最终还是依从父母的性子回了南京。那一年她二十四岁，正是女孩子风华正茂的年纪，她有很多追求者。

"我第一次见到她，我的整个世界都凝固了。"这是 Lucas 和我们说起见到陈俐时的情景，陈俐坐在旁边满脸幸福地翻译给我们听。

那一天 Lucas 受邀和一个男性朋友去 KTV 唱歌，他当时并不知道陈俐是谁，只是知道朋友说会有几个女孩一起唱歌，如果他在的话会很热闹。Lucas 其实完全听不懂中文，只能默默地在一边玩手机，这时陈俐终于赶到了包厢，推开门的那一刹那，Lucas 彻底沦陷了，这世间竟有如此出尘绝世的女子。呃，请大家脑补尹志平看见小龙女的那一瞬间，后面的事情大家都知道了。

Lucas 开始疯狂追求陈俐。

6

说起意大利人，在国际上有一些很有趣的笑话。意大利人是恋家和痴情的典范，对人热情，对女孩子更热情，追起女孩子非常执着。当然，如果这事没成，那他追求下一个女孩子的时候仍然会如此执着，倒是有一点像天蝎座的男孩子，哈哈，我并不是在黑天蝎座。

对于 Lucas 的死缠烂打，其实陈俐一开始是迷惑而且拒绝的。

她对她的亲哥哥说："有一个外国人说喜欢我，你说我该怎么办？"

她哥哥说："啥？那个外国人是不是瞎了眼了！"

她对她的父亲说："爸，有个外国人在追求我，你说他到家里来你会不会害怕？"

她父亲说："你是不是瞎了眼了，你应该问他害不害怕见到我！"

Lucas 对她说："我喜欢上了一个外国人，我喜欢上了你。"

她对 Lucas 说："你是不是在星期八医院上班，有病……"

星期八医院是一家南京盲人按摩院，在我们这里还算有名。而 Lucas 没等陈俐说完，就一只手臂抵在墙壁，低头亲了他身下的陈俐。Lucas 身高一米九一，陈俐虽然也有一米七，但被这么突然一下的壁咚弄得难免陷入了小鹿乱撞的局面，他们就此开始了恋爱的时光。

7

和外国人恋爱哪有你想象的风光，那一年陈俐搬到了 Lucas 家与他同居，Lucas 的父亲在南京经营着一家民营工厂，他们住到了一起。

Lucas 的父亲起初非常反对儿子和陈俐恋爱。Lucas 的父亲要求两人必须在婚前进行财产公证，这让陈俐和她的父母非常心寒。

好在 Lucas 对自己的父亲并非言听计从，他还有个弟弟，也是因为不满父亲的强势所以选择了回意大利生活，现在只有 Lucas 还在南京帮他父亲打理工厂。Lucas 打定主意不会让父亲再逼他回国，于是在一个安静的傍晚，Lucas 一边熟练地用筷子给陈俐夹她最爱吃的红烧肉，一边对毫无准备的陈俐说："我们结婚吧！"陈俐虽然吃惊，但也稳住了自己的情绪，她说："戒指呢？"Lucas 早有准备，他拿出花了一个月工资买的戒指，套在了陈俐的左手中指上。陈俐说："好，我们现在就动身。"

8

在中国结婚领证，一般只需要花费九元钱就可以办理所有业务，但是 Lucas 和陈俐却花了不止两千元。他们开了三个半小时的车直达上海领事馆，办了无数本证件，最终终于修成正果，Lucas 所有的工资都交由陈俐管账，Lucas 入乡随俗成了国民好老公。

陈俐对我们说，有一次 Lucas 在家洗衣服，发现洗衣机里面搅出了人民币二十元，Lucas 打电话给陈俐说，亲爱的，你能不能再借我三十元，凑个整数。陈俐问 Lucas 为什么要钱，Lucas 说，凑满五十元我就能给你买一束好看的玫瑰花啦！

陈俐对我们说，Lucas 并不像我们想象的那么高冷，他有时候做错了事竟然会在家里抱着陈俐哭，要多脆弱有多脆弱。当时陈俐在店里顾店，Lucas 本来中午是应该给陈俐带饭的，但是却在店门口和陈俐大吵了一架。我们都从店里站出来往外张望，我记得Lucas不断地说："You always ask me go buy food！ go buy food！ go buy food……"

他就站在那傻杵着不断地重复着，"意大利人果然都很啰唆，而且喜欢碎碎念！"陈俐毫不示弱。

最后的结局是 Lucas 一边念叨着一边开车老老实实给陈俐买了一碗牛肉炒面，晚上 Lucas 又抱着陈俐哭，承认自己没有控制好脾气。中国有句老话说得好，夫妻之间没有隔夜的仇，床头吵架床尾和。

Lucas 越来越像一个中国人了。

9

陈俐怀上第二胎的时候，最焦急的有两个男人，一个是 Lucas，另一个就是陈来妹同志了。Nico 总是认为妈妈生了妹妹就不会再爱他了，他焦急地跑到我们身边撒娇，总是不断地问我们所有人，你们喜欢 Nico 吗？ Nico 很喜欢你们。这是一个小孩在用仅有的表达索取他需要的安全感，我们都明白。

那段时间陈俐经常去医院，Nico 就交给我们在店里照顾，我和 Nico 的革命友情也是在那一段时间建立起来的。Nico 有一个不为人知的坏毛病，就是喜欢幻想，喜欢吓人，这一点和我最近看到的《爸爸去哪儿》里面刘烨的儿子诺一有几分相像。

诺一常告诉他爸爸他见过观世音菩萨，观世音菩萨劝他和他爸爸聊聊天，其实 Nico 又何尝不是如此，我经常见他对着空无一人的门外傻笑，然后对妈妈说，妈妈你看外面有个人要和我交朋友，这可把陈俐吓得不轻。

Nico 不仅越来越像一个中国农村土孩子，而且还有成为道士的潜质，这是我和七八个妈妈娘子之间探讨的"'坑'娃还有多少种无限可能"的课题，并且马上就要有了成果。

10

在一个晴朗的午后，陈俐终于产下了她的女儿 Alice，Lucas 抱着 Alice 不断地重复着说："She is perfect！ She is perfect……"Nico 抓着 Lucas 的裤脚，哭着说："爸爸你把她放下来，你把她放下来，你这样抱着她，妹妹会累的，你抱抱我吧。"

之后的几个星期，Nico 开始了无限争宠的奋力反击，但是无论 Nico 怎么哭，陈俐和 Lucas 都不理他，又过了几天，Nico 实在憋不住了，跑到我老婆店里在我们身边放声大哭。陈俐没有办法，俯下身对 Nico 说："Alice 之所以能出生最大的功臣是 Nico，因为 Nico 的中文名字叫作陈来妹，就是能够带来妹妹的意思，所以老天爷才给 Nico，给这个家送来一个小妹妹，这是老天爷给 Nico 的礼物，你应该好好保护妹妹才对。"

Nico 若有所思地想了许久，我们看着他站在店外抬头望向蓝天，手里的小拳头紧握得像一个小笼包，他似乎下定了决心，然后返回到他妈妈的店里不再打闹了。

又过了几天，这次换陈俐跑到我们店里开始大诉苦水，她对我们说："Nico 现在已经成了一个非常优秀的好哥哥，他经常趴在 Alice 的身边守护着她。"

我们说："这不挺好的吗？"

陈俐说："好归好，但是 Nico 不许我们任何一个人去碰 Alice。"

我们忙问："为什么？"

陈俐说："他说妹妹是老天爷送给他的礼物，你们谁都不许抢走！"

　　"你真是够了！陈来妹！"我能想象一个身穿勇士铠甲，手拿雷霆巨剑的凶狠小孩守在睡美人 Alice 的跟前。

　　威武挺拔的王子 Lucas 对勇士说："让我亲一下她，她立马就能苏醒了！"

　　善良的巫婆陈俐说："请相信我们，我们是来解救她的！"

　　骁勇善战的勇士 Nico 说："要想亲亲她，你们必须先问问我手中的巨剑答不答应。"

　　王子和巫婆同时发问："你手中的巨剑到底是何物？"

　　勇士一个字一个字地念道："陈！来！妹！"

危 机

沧海一声笑，越笑越显老

　　我知道你喜欢我，所以请千万不要离开我。因为我知道，如果这一次我抓不住你，那么，我将错过一个真正美好的人。

吃完这顿，就分手

真正的感情是水到渠成的。张辉没有对刘亚茹说出我喜欢你，刘亚茹也没有对张辉说过我们在一起吧！他们就这样自然而然地牵手恋爱了，这里是他们爱情的原点。

1

刘亚茹和张辉第一次约会的地方是步行街转角的一家文艺餐厅。餐厅的名字很有趣，叫"路遇"，老板希望每一个人都能够在路上遇见属于自己的缘分。而这一次，是刘亚茹和张辉第二次来这里吃饭，他们已经彼此下定决心，吃完这顿，就分手。

"是不是还是按老规矩处理？"张辉有些失落地问道。

"当然。"刘亚茹说。

"你闭上眼睛数 100 个数字，然后睁眼去找我……"

"找到我，我们就不分手。"刘亚茹说话的时候有些犹豫，但最终还是狠了狠心如是说道。

能够在路上遇见的缘分，本身就是一场传奇。

张辉闭着眼睛数道："1，2，3，4……"

刘亚茹望着张辉想起了他们第一次见面的情景。

那天她站在马路边上，用约车软件叫了一辆私家车，而那辆私家车的车主正是张辉。

张辉已经不是第一次载刘亚茹了，这是刘亚茹上车以后知道的事。说来也巧，那是刘亚茹第一次坐在汽车副驾驶的位置上，因为赶着去上班，她还没来得及说出去哪儿，气氛显得有些诡异。

刘亚茹对张辉说："师傅，麻烦开快一点，我要去……"

张辉抢先一步说："我知道你要去万达广场。"

刘亚茹诧异地说："你怎么知道？"

张辉一脸云淡风轻地说："你坐过我的车呀！就在昨天。"

"怎么会这么巧？！"刘亚茹继续吃惊地说。

"因为我们有缘啊。"

这是张辉准备了几个晚上的台词，他已经有一个星期茶饭不思、夜不成眠了，都是因为刘亚茹。就在一个星期前，张辉在刘亚茹第一次坐上他的车时就对她一见钟情。

张辉曾试过在刘亚茹经常上车的地方等她，但是刘亚茹却因为晚上的作息时间不定，所以早上起来的时间也经常没谱，并不是每次都能奏效。就在昨天，张辉成功搭上刘亚茹载她去上班，但是因为紧张，再加上刘亚茹坐在他的后座，他错过了说话的机会，而今天他终于成功了。

2

张辉仍然闭着眼睛坐在刘亚茹的面前认真地数着数："17，18，19，20……"

他也许想不到面前的女人正在回忆他们之间的往昔，他虽然一个接一个地数着阿拉伯数字，但心里明白，有些事情是可以挽回的，只是需要一个借口，就像他们相爱，在这家餐厅确定情侣关系一样。

刘亚茹对他说："闭上眼睛数 100 个数字，然后找到她。"

现在想起来，仍然觉得那一天充满了上帝善意的怂恿，要不是一个接一个的巧合，他们又怎会在一家街角的杂货店相遇。刘亚茹本以为走遍步行街的所有巷口找她至少要花上三四个小时的时间，但是他却只花了十分钟，简简单单，阴差阳错，无法用任何言语去解释，有缘人总会遇见……

刘亚茹刻意避开了情侣常约会的咖啡厅、电影院，也避开了女生最爱逛的包包和鞋店，她认为张辉一定想象不到她会躲在杂货店里抱着一大袋高热量的薯片大快朵颐，可是她却这么快就被张辉在杂货店里逮个正着。

说起来这还是张辉心里的一个秘密，其实他心底里的震惊不亚于刘亚茹心中的震荡。张辉其实并没有对女生的这种小把戏上心，他有刘亚茹的手机号、QQ、微信、微博等所有社交联系方式。他知道就算找不到她，也可以事后多费费心哄哄刘亚茹，女孩子总是喜欢被哄的，但是这一次意外的相逢却不得不让他相信了缘分，张辉去杂货店的理由其实很简单，他只是想买包十块钱的香烟……

3

每一句告白都只是为感情画下一个结果，有许多人都不明白。真正的感情是水到渠成的。

张辉没有对刘亚茹说出我喜欢你，刘亚茹也没有对张辉说过我们在一起吧！他们就这样自然而然地牵手恋爱了，全都是缘分的安排，这里是他们爱情的原点。

张辉继续数着："33，34，35，36……"

此时的刘亚茹心里有些迟疑，她之所以会和张辉在一起全都是因为缘分，她记得自己和面前的男人是如何相识的，也记得自己和他是如何相爱的，就是在这家餐厅开始的这个游戏。刘亚茹本来并没有对张辉抱有太多的感情期待，毕竟他们当时认识的时间并不长，但她决定让老天给自己做决定，那么今天也同样如此，于是她提出了这个要求，他们来到了这家文艺餐厅，服务生仍然热情，主菜也特别好吃，一切都好像没有变，他们的感情如果也没有变就好了，刘亚茹叹气地想着。

"我是不是应该永远离开你了。"

张辉数着："42，43，44，45……"

张辉除了是一名约车软件的司机，他还是一家银行的客户经理，自己私下里和朋友合伙开了一家白银期货投资公司，是一个很会赚钱的男人。

自从认识刘亚茹以后，他就不再用约车软件了，因为他只接一个人上下班，那就是刘亚茹。他们曾开着车爬过山顶看日出，也去过海边望着漫天的繁星铺满沙滩，有时不开车的时候，他们也像平常的情侣那样偶尔散步聊天，但是有时浪漫与生活总会不同。

那是一次不同的加班，本来刘亚茹说好要和张辉一起去溜冰，他们一路谈笑，但是突如其来的电话却打断了这对恋爱中的情侣。

刘亚茹的领导说："双十一来了，我们这边要加班。"

刘亚茹说："我马上就回去，请您放心。"

张辉说："你回不去，你答应我今天要陪我。"

刘亚茹说："我们不是每天都见面吗，快送我回去。"

张辉严肃地说："这不一样，以往是我迁就你送你，而这一次我要你迁就我。"

于是那一天刘亚茹并没有回去，他被张辉开车载到了郊外。他们一路飞奔，跟着马路上的指示牌出离奔走，没有任何目标，也没有任何计划，路标说向东，张辉就向东，路标说向左，张辉就向左，直到车子开到没油才停了下来。刘亚茹已经气疯了，可是张辉却哈哈大笑。

刘亚茹说："这下你满意了？"

张辉说："满意了。"

刘亚茹说："我们接下来怎么办？"

张辉说："回家！"

那是他们第一次吵架，也是刘亚茹第一次发现自己和张辉在生活态度上的不同，她虽然喜欢随缘而安，但浪漫并不是生活的全部。

4

"57，58，59，60……"张辉仍然在数着。

"要不要趁现在赶快离开呢。"看着张辉双手合十，刘亚茹思索着。她知道现在离开还有充足的时间可以不被发现，如果等到张辉数到 70 以后那就真的快来不及了。

刘亚茹转头望向了餐厅出口的位子，她离那扇门的距离大概有十米的样子，刘亚茹确信只要自己速度够快，五秒钟就足够她离开的了，只是这样动静会很大。她不希望张辉听出她离开得匆忙，毕竟她希望离开得能够尽量淑女一些，这也许是他们最后一次见面了。刘亚茹这样想着，可是她毕竟舍不得这个曾经的男友，她想多看他几眼。

5

刘亚茹知道在生活上他们虽然有许多摩擦，但张辉还是爱她的，每个有张辉接送的早上，他都会出人意料地从怀里变出各种好吃的早餐哄刘亚茹吃，有包子、三明治、玉米、甜甜圈，过生日的时候甚至会变出抹茶口味的奶酪蛋糕。

刘亚茹还记得有一次部门领导聚餐，她被灌了很多酒，喝得酩酊大醉。是张辉大晚上赶到他们酒店楼下，把她送回了家，准确地说应该是从部门领导手中劫走的她，不然当时的刘亚茹不知会躺在哪个领导的豪华大床上了，现在想想还有点心悸。

还有上一次的约会，张辉晚上送刘亚茹回家，刘亚茹请他在家里喝了会儿茶，然后两个人卿卿我我了好一会儿，直到意乱情迷之时，刘亚茹猛然回过了心神，她踢了张辉的命根子才把张辉赶出闺房。她以为张辉要生她的气，但是第二天早上刘亚茹却发现张辉一直没有回家，就待在她家楼底下守着，等到早晨第一时间给她赔罪。张辉说："是我一时冲动了，我是畜生，我不是人！"刘亚茹当时心里乐开了花。

"67，68，69，70……"张辉继续闭着眼数着数字。

"我该走了。"刘亚茹对张辉说。

6

"73，74，75，76……"

"80……85……91"张辉越数越快，他已经有些等不及了，他知道刘亚茹走了，他听不到一点声音，他甚至完全猜不出刘亚茹到底是从哪个方向离开的，他并不相信上帝还会再给他一次运气，他甚至怀疑这一次刘亚茹都不会还在步行街等他，她一定会打个出租车就此离开这条街道，干脆回家好了，反正留他一个人在这里苦苦搜寻直到天亮，这样更像是对他合适的惩罚。

"我们到底怎么了？"张辉心里仔细地想着。

"是因为上次强行出游害她被领导骂了吗？"

"是因为去酒店接她害她丢掉了工作吗？"

"是因为那晚过度亲密接触惹她不高兴了吗？"

"还是因为有一天我没有参加她亲戚朋友的聚会吗？"

"或者是因为我还没有彻底融入她的生活吗？"

"难道是因为我没有答应她要结婚吗？"

"也许都是吧……"

"93，94，95……"张辉数到了最后几个数字。

"96……"

"都是我不好，上一次你亲戚朋友来你家里做客我却因为工作没有作陪，我知道这些不是借口，是我没有尊重你的家人……"

"97……"

"都是我不好，我这个人时常想到哪儿就做到哪儿，又没有注意到你的小脾气……"

"98……"

"都是我不好，我知道谈恋爱就应该是奔着结婚去的，我应该好好对你，不应该把选择交给缘分，说什么随遇而安，说什么一切随缘，这些都是假的，我应该提早和你说结婚，我应该从认识你第一天起就对你说我爱你，我求求你不要离开我……"

"99……"张辉的额头冒出豆大的汗珠，眼角也已涌起了泪花。

"100！"张辉睁开了眼睛。

"你终于找到我了。"刘亚茹淡定地坐在张辉的面前说。

"这全都是缘分的安排。"刘亚茹温柔地笑。

"为什么？"张辉有些恍惚。

"祝你生日快乐。"服务员从一旁走了过来，熟练地端出一份巧克力口味的奶油蛋糕。

"祝你生日快乐！"刘亚茹如是说。

在吗？

　　一个人是否会回应你，并不取决于你对他说了些什么，而是取决于他对你是否还抱有一丝好感，当然人品也是非常关键的要素之一。我再也找不到 QQ 里那个长相好看的姑娘了，因为……

1

　　每个人的 QQ 里都或多或少有几个人，你无法删除也无法拉入黑名单，因为你舍不得。你们认识在很久远的过去，但却在如今的生活里没有交集，甚至几年也难得说上一句话。他们的共同点是，头像虽然偶有亮起，但他们可能永远都不会主动找你。

　　你曾尝试想要与他们建立起往日的联系，但是终究没有勇气发出那句再寻常不过的寒暄——"在吗……"

2

　　"你其实不需要问她在不在，想她了，就直接找她。"这是苏城曾经教会过我的事。

　　她有一种特殊技巧可以避免聊天之前的礼貌式寒暄，她从来不发"在吗？"，以下是她亲自给我做的示范。

　　苏城随意点开了一个人的 QQ，我在好友分组那栏里知道他是苏城的初中同学，苏城拉开对话框示意给我看："亲，我的支付宝里没钱了，我在淘宝里买了几件衣服，能帮我付一下款吗……"

对方迟疑了几分钟，回道："你是谁？"

苏城把 QQ 隐身起来，然后又火速上线，然后回道："对不起，我的 QQ 刚刚被盗了，你是小韩吧，我是苏城啊！你没被骗吧……"

我看着他们热情地聊了半个多小时的天，苏城关了 QQ 对话框，然后一脸戏谑地看向我，我知道她接下来要说的话："你看，找回失去的友谊，往往就是这么简单。"

我试着反驳道："如果他还记得你，并且真帮你付了钱呢？！"

苏城一脸得意地说："你傻啊！那你就把钱打过去，感谢对方对你的帮助。"

"请收下我的膝盖。"我如是回道。

3

就在苏城教会我的那天下午，我按照她教我的方法终于点开了一个姑娘的 QQ，这个姑娘是我以前的一个同事，除了公司正常运营里的业务往来，我们基本没有说过几句话。她的 QQ 几乎都是冷冰冰地躺在我的联系人里，充满了高冷的距离感，我决定打破僵局，找她聊天。

"亲，我的支付宝没钱了，你方便帮我支付一下淘宝里的……"

姑娘并没有迅速回我，我并不着急，这都在我的意料之中，我尝试等了她几分钟，但是很快，她的 QQ 头像就突然间暗淡了下来。我又尝试着重新发了几句，但却仍然没有回应。

"是哪里出错了吗？"我这样想着，然后重新退出 QQ 又重新登录，我终于找到了苏城这种方法的漏洞所在。

一个人是否会回应你，并不取决于你对他说了些什么，而是取决于他对你是否还抱有一丝好感，当然人品也是非常关键的要素之一。我再也找不到 QQ 里那个长相好看的姑娘了，因为——她把我拉黑了……

这件事让我想起了多年以前我曾经试图拉黑的某个女人，她的头像在我的 QQ 里从来就没有亮起过，但我仍然舍不得拉黑她。

她叫周州，我的前女友。

4

我不知道我们是如何一步一步发展到今天的结局，她在我的 QQ 里横躺了七八年，资料里显示我们已经认识两千六百多天，但我们真正在一起的时间也许还不到十分之一。

我试着点开了她的聊天对话框，她的个性签名里这样写道：本人已死，有事烧纸。我已经很多年没有看见过她更新动态了，也从来没见过她上线。我曾经看过一篇文章，文章的名字叫作"她不是不喜欢你，她只是死了而已"，我猜她一定不是不喜欢我。

接下来的事情就简单了许多。我开始把这些话输入在聊天对话框里，点击发送了过去，但周州并没有回应。我突然想起电脑里还存着我和她的合照，那是我们第一次约会时她拿手机强迫我和她一起合影的照片。照片里周州笑得很甜，她把系在自己脖子上的围巾拆开打乱，然后又稀里哗啦地把我和她都围在一起，我们裹着同一条围巾，站在渡轮的甲板上吹着冷风，桅杆上的微弱灯光交织着岸边大厦的霓虹灯把我们的脸蛋映衬得五颜六色，她的左手紧紧地抓着我的右手抬得老高，在头顶比了一个爱心，现在看上去她的笑容充满了讽刺，而我则笑得像个傻 B。

　　我把照片截图连同这些话都发送了过去，我还在自己的头顶上写了"傻 B"两个字，然后我又用红色的截图画笔画了个大大的叉，我知道她也会像刚才一样，没有回应。

5

　　我在聊天对话框里又写了这样的几句话：

　　我说："我不管你在不在，我知道你有一天一定会看到我给你发的这些话，还有这张照片。"

　　我说："我现在就想告诉你，当初也不知道是哪个傻 B 说一定会和我一生一世在一起，你说的这些都是骗人的鬼话吗？"

　　我说："你还记得这张照片拍摄的那一年，我们在一起的故事吗？"

　　周州一个字都没有回应，头像仍然是黑的。

　　我又在电脑里找到了几张那一年我和她的合照，它们都安静地躺在我的 D 盘文件夹里，文件夹的名字叫"千万不要点"，里面还有"疯狂学日语"以及"研究性学习"和"过把瘾剧场"。这些文件夹我都轻易不敢示人，就像周州和我的合照，我把它们定为同一级别的隐私。

6

　　我说："你就永远不要回复我吧！"

　　我说："我他妈的其实开始想你了。"

　　我说："我看着这些照片，你记得我们第一次接吻是在长江边上吗？"

我说："那一天我们居然一点都没有感到害臊，就在长江边上热烈接吻了一个多小时。我们连大气都不敢喘，就像我现在面前的这张照片。我和你嘴对着嘴彼此给对方吹气，你把手机举得老高，我斜眼看见头顶上的阳光特别刺眼，你的鼻涕控制不住流进了我的嘴里，就像是喝了过期的汽水一样让我的舌头发麻。"

我说："后来有一个老太太在后面观望了我们好久，她实在等不及了，就端着一盆脏衣服蹲在我们的上游捶打起来，你看这张照片的背景里，还能看见她。"

我有些气馁地说："你真的不打算回复我了是吗？"

我的情绪显得有些激动，我又在聊天对话框里对她说道："我不要在线你啦！"

"打错了。"

"我不要再向你了。"

"不对。"

"我不要再想你了！"

我迅速地更正着自己因为激动打错的句子。

7

我有些难过地写道：

"我真的不知道我们为什么就到了今天的地步。"

"难道是我做错了什么吗？"

"你为什么连解释的机会都不给我……"

"你难道就真的只想这样永远也不回复我，永远回避我来解决问题吗？"

　　我艰难地用鼠标点击了发送按钮，这些话连同在我心底埋藏了许久的感情一起发送给了周州，我知道一切都结束了。这么多年以来我从来没有收到过她的任何消息，我其实只是有些遗憾，又有些舍不得，我一定是不甘心就这么糊里糊涂地分手。如果真的有挽回的余地，为什么直到今天，还仅仅因为你不回复我，而感到生气呢？

　　我在和周州聊天的对话框里终于打下了看似平常但却撕心裂肺的两个字。

　　我说："再见。"

　　她的头像突然间亮了。

　　"亲，我的支付宝里没钱了，我在淘宝里买了几件衣服，能帮我付一下款吗……"

救星

你是梦郎，在梦里用洁白而修长的指节摩挲我的脸颊；你是救星，瞥一眼你的容貌，斜飞的剑眉，细长的黑眸，斩杀了我梦中的牵绊与魔鬼；你是英雄，怀抱我的高大身躯，在粗犷的楼宇间，赶走寒冷，融化隔阂……

1

学生生涯是在盲目崇拜与热血恋爱中度过的。季雨程是我高中生活里的领军人物，他是我的好兄弟。至少当年那场沸沸扬扬的"女星下载事件"我也曾目睹，并且心生荣耀。这就像几年前的网络圣战，当360和QQ无聊对抗的时候，广大网民们也都乐在其中。我们截图、发帖、投诉、卸载，挥洒着一腔热血，为这个落寞的世界呐喊，我们彷徨但不孤独。

季雨程是合城高中的颜值担当，在寂寞而又迷茫的深夜里，为无数少女制造了种种幻想，我们俗称他为"救星"。他是体育特长生，身高一米八六，长相俊秀，家境富裕，曾有女生这样写道：

你是梦郎，在梦里用洁白而修长的指节摩挲我的脸颊；你是救星，瞥一眼你的容貌，斜飞的剑眉，细长的黑眸，斩杀了我梦中的牵绊与魔鬼；你是英雄，怀抱我的高大身躯，在粗犷的楼宇间，赶走寒冷，融化隔阂……

后来这位女同学成了《知音》的作者，不得不说写稿子也是需要天赋的，我和季雨程碰了下手里的酒杯，他尴尬地挠了挠自己的脖子。

2

读书那会儿男生普遍无聊，且智商情商偏低，于是出于本能对于成绩好，身材棒，主要还是长相优秀的女同学产生了盲目的爱慕心理。各类班花、校花层出不穷，可谓"百花齐放，百校争鸣"。但审美总会疲劳，随着台湾一部校园偶像剧《流星花园》的横空出世，这让当年大部分长相堪忧的女同学都扬眉吐气，学生界居然"男色来袭"，季雨程弥补了女生对于高富帅盲目崇拜的幻想，变成了她们的救星。

我时常听到同桌对我说，季雨程是合城唯一有爱心的高中校草，你看他的脸，再看他的面，你再瞅瞅这舌头。呸，这是他家狗的照片。

季雨程是有钱任性的典范，从小就有炒作天赋。他花钱请摄影师给他拍酷似 F4 的写真照片并上传到各类网站，又到各色学校请校草吃饭、唱歌、合影留念，最后还时常塞钱给低年级的学生让我们为他宣传散布"救星"谣言。很多女生迷恋他，他就四处邀请女生聚会唱歌，活像一个跑穴的三线明星，我的同桌也不能幸免，而"救星"的名头也正是在这个时候传播开来的。

大家乐此不疲，可"救星"也会有疲惫的时候。

记得有次见面，季雨程请我喝了两元一大杯的珍珠奶茶，他一边嚼着糯米珠，一边苦涩地对我说："现在的女生是不是都疯了，我只是在学校门口买了个鸡蛋灌饼当早饭，就被一群人围了个水泄不通；我只是偶尔迟到进错了班级大门，楼层里的女生居然都不上课跑出来欢呼雀跃；我只是真心喜欢一个普通的女孩子，但那个女孩却被班里的学生指指点点，甚至再也不来上学。我只是失恋，你不要说出去。"

我看着略显憔悴的季雨程，认真地对他说："你还会请我喝奶茶吗？我要两元一大杯的。"季雨程哑然失笑，塞给我一张百元大钞之后就再没出现过。

3

高二分班，帮同桌整理书桌，无意间看到她还留着写满季雨程名字的日记本，我猜想她恐怕是唯一还记得合城"救星"的人了。

季雨程就像《流星花园》这部电视剧一样销声匿迹，取而代之的是各种港台 TVB 里的家长里短，还有谁会记得曾经的 F4 组合也曾风靡亚洲，又有谁会记得有一个叫作季雨程的校草曾经拯救过女生的幻想。

再后来，我听人说季雨程为了一个女孩打架辍学，又听人说季雨程沉迷游戏无法自拔，还听人说季雨程转学去了外地不知所踪。

我不知道哪个是真的，但对于高中生来说，读书才是正经事，没有什么比高考更重要了，转眼高三，一切都来不及了。

4

2012 年 7 月的某一天，第二次网络圣战爆发了，"全民下载泷泽萝拉"事件在网络上火速扩散，岛国的网络美女火了，可苦了一批宅男搜索下载奋战了一昼夜。

据不完全统计，国内远超三千万光棍声称找到了自己的真爱，他们和自己的左手右手幸福地生活在了一起。其中季雨程也参与了这场网络狂欢，他群发了一封邮件，每一个认识他的男同学人手一份，邮件的正文里写道：兄弟们一个都不能少。我这才知道季雨程为什么离开，原来当年因为有人嫉妒他，所以带了一票外校的小混混恐吓了那个季雨程喜欢的普通女孩子，那个女孩子是季雨程的初恋。

他曾一个人奔赴战场，被当年那群小混混狠狠殴打了十几遍；他曾去挽回失去的早恋女同学，但不安与惶恐却击败了那些纯真与美好；他曾因为违纪被开除，转学，但最后还是沦为网络世界里的囚徒。他在网络游戏里找到了另一个自己，他是虚拟世界里的江湖救星，江湖了五六个年头。

5

当我举起酒杯与季雨程推杯换盏的一刻，我们想起了许多热血的往事，但谈论最多的还是关于岛国女星的那次下载风波。

三百六十行，行行出状元。季雨程在网吧虽然虚度了几个年头，但也结识了一堆奇才异手。季雨程因为岛国女星事件发掘了自己网络编程的天赋，他和朋友们组队学习网络黑客技术，自创了几个黑客程序，能够二十四小时自动搜索网络世界里的软件、电影、音乐、游戏以及各种一手资讯，季雨程成了第一批为数不多掌握互联网编程技术的行家里手。

他最先筛选新闻趣事，又最先分享给广大网友。他成了网络红人，知名搞笑幽默段子手，后来又有几个游戏公司聘请他编写了几个授权的游戏插件，俗称"外挂"，自此季雨程更是在互联网的商海里一发而不可收。我们这次会面，就是因为公司的网站出了问题，我们急需聘请技术总监解决公司所有的技术难题，而我想起了季雨程，所以特意跑来寻求帮助。

"你说说看，我出多少钱你才愿意当我们公司的技术总监？"我已经微醺，趁着酒劲直奔主题。

　　季雨程并没有急着回答我，依旧云淡风轻地抿嘴微笑，思量间岁月已远，他起身对我说："是网络拯救了我，网络才是我人生里真正的救星！"

　　我急忙站起来又说："学生时代的事就别提了。算我求你帮我，你是我的救星！"

　　季雨程踉跄着走到我的面前，对我举起食指比了一个"二"字，缓缓说道："答应我一个要求。"

　　我看他是真的喝醉了，连忙点头应承下来："好，你到底想要什么？！"

　　季雨程双眼微红，堪堪地坐倒在沙发上仍不忘回头看我。他单手捂着眼睛，过了好一会儿才缓缓地移开，对我说道："我要珍珠奶茶，两元一大杯。"

　　我也躺倒在了沙发上，掏出了一张百元大钞，陷入了无限的怅惘……

　　你原来想要的是青春，可谁又能轻易地还你。

王小胖的奇幻职场

要想在 4A 广告公司生存还有一条黄金准则必须遵守，那就是绝对不要推开任何一扇不属于你的办公室大门，当我推开那扇大门的时候，我知道一切都已经来不及了。

1

推开那扇大门的时候，我就已经知道一切都来不及了。我再也不能正视面前的领导，再也不能和女同事愉快地分享汉堡王与哈根达斯，我的职场生涯或许已经走到了尽头，但我心有不甘。

我转身，轻轻地关上了会议室的大门，我能隐约听见领导与同事们深闷在躯体里的喘息声，有些骄躁，又有些亢奋。办公室里布满了荷尔蒙暧昧的味道，我想努力逃走，但却被门内的一双粗壮手臂紧紧抱住，我被按在了地上，领导戏谑地看着我，说："到你了。"

这里是办公室噩梦开始的地方，我不该推开那扇大门。

"四十个俯卧撑我真的做不来！"我无奈地趴在地上，滚了七八圈才逃脱了领导的束缚，我真的受够了这家公司。

"会议室建什么健身房！减肥与否是我们每个人最基本的权利！"我呐喊着，但仍被死死按在了跑步机上。

这里是一家4A广告公司,我们每个人都被要求减肥。社会在进步,公司也在进步,专家说:"瘦的人更容易签约客户。"于是,我们都被粗暴地绑架了。

我所处的策划部门要求三十天减重十斤。类似网上风靡过的"冰桶挑战",如果部门挑战没有成功,那么公司将支付十万现金支援藏区,钱当然从我们的奖金里扣,万恶的资本家!万恶的吸血鬼!

忘了自我介绍,我叫王小胖,这个部门里唯一的胖子,是我拖了后腿,我对不起大家。

2

自从公司推出了"全民瘦身挑战"之后,不得不说我的世界被颠覆了。我和同事都住在公司安排的职员宿舍,主要是方便我们加班,老板非常体贴,特意从意大利给我们买来了咖啡机,即使加班到深夜,也有热乎乎的咖啡供应。以前我喜欢在深夜来一杯浓缩咖啡,因为我觉得捣鼓咖啡粉的时刻是我最有逼格的瞬间。而现在深夜拿起咖啡壶的时候,我只会默默倒进满满一袋某雀牌的速溶咖啡,试图喝上一大桶撑死自己,虽然逼格掉了一地,但整个人都开始萌萌哒,毕竟公司断了我的口粮,而我必须做点什么。

拯救自己的计划是从全公司体检开始的,在达到瘦身目标之前,准确的体重登记当然是必须的,只要我能在称重之前增加自己的重量,瘦身减重不是轻而易举嘛!机智如我。早上我穿了三条内裤,套了一身保暖内衣,在厚重的水洗牛仔裤里穿了三条秋裤,而上身则套上了我钟爱的宽大的美式外套。为了增加重量,我还在左右手上偷偷地戴了七八串佛珠,当然如果有一条WWE的美式摔跤金腰带,我肯定会奋不顾身地系在自己的腰上，听说那玩意儿足足有五斤重，可惜我不是邹市明，也不是巴蒂斯塔。如果有职业摔跤手的满身肌肉，我还闹腾什么减肥啊！唉，我还是老老实实多塞些鞋垫吧，这样也能起到些许增重的效果。我默默地努力着。

结果是醉人的。三十九度半的夏天，只有我穿得活像一个米其林轮胎，但阴谋还是被戳穿了，裸身的我不但体重没有增加，反而瘦了两斤。原来"桑拿"真的有用，我似乎找到了什么不得了的减肥方法。而奇怪的是，称重后，大部分的部门同事体重却比真实体重重了二三斤。我偷偷地问身边的同事都用了什么办法，同事说："你个2B，称体重之前不会多吃点啊，我可是吃了一个全家桶才来的。"

对不起各位，我又拖大家后腿了，我也要吃全家桶。

3

要想在4A广告公司做事，有几条不成文的准则：第一，不要在办公室搞对象。第二，绝对不要在办公室搞对象。第三，如果一定要在办公室，我们只允许搞基！原因无他，搞基是广告界十分时尚的一件事，如果你宣布自己搞基，立马就会有无数个广告界的金主与你联谊，有些时候搞基圈和广告圈是包含与被包含的关系。总之，只要是时尚的事，广告圈的同行们必定矢志不渝地坚持到底干下去！就比如我们现在做的事，"全民瘦身挑战"已经进行到高潮迭起的第二十三天，英雄必然出现。

我已经绝食第二十三天了，自从体检拖了大家的后腿，我的内心深感自责与不安，为了缓解气氛，其实是为了死皮赖脸地活下去，我开展了一项残酷的减肥措施：绝食！为了事业，为了客户，为了藏区的孩子们，其实是没钱，我毅然决然地贯彻了这项运动二十三天。第一天是饥饿难耐的，但我不但没放弃，反而增加了贯彻实施的难度，开始了分段式绝食，除了早餐午餐晚餐不吃以外，甚至到夜宵时间，同事们都发现不了我有进食的冲动，我绝食成功了。

因为我改变了自己的饮食习惯，在这二十三天里，我一直坚持在同事们睡觉和看不见的时候吃饭。这样我不仅收获了同事们的友情，同时也满足了自己吃货的本性，我为自己鼓掌，我是自己的英雄。然而颠倒的生物钟最终还是出卖了我，我可耻地胖了。

同事们以为我着了邪魔外道的诅咒，广告圈都有些迷信！接下来的七天里，在领导的严密紧盯下，我每天都要和风水大师会面。大师除了卖铜钱、桃花、指南针给我外，最拿手的要数针灸了，他打着辟邪的幌子，竟让我活活挨了九九八十一针。回想起被针灸的那段日子，现在还有点儿莫名的小激动。

针灸确实有用，我居然真的瘦了。

4

有人问，从胖子变成瘦子是一种怎样的生活体验？我来告诉你，衣服胖了，就连隔壁村的如花都会发来短信说：我们和好吧！我怀着极大的喜悦与冲动和女神聊天，她再也不会去洗澡了，反而成了我的好闺蜜，我的生活得到了极大的改善。我享受着鲜花与掌声，还有同事们羡慕的眼光。我走向会议室，准备推开那扇大门，迎接领导为我颁发的减肥光荣奖章……

"这就是你在会议室门外的原因咯？"

"是的。"

"你们公司一直都在坚持全民瘦身减肥运动咯？"

"是的。"

"你真的没看见领导和女职员在会议室里发生了什么吗？"

"我已经说过啦。警察同志。"

广告圈嘛，要想在 4A 广告公司生存还有一条黄金准则必须遵守，那就是绝对不要推开任何一扇不属于你的办公室大门，当我推开那扇大门的时候，我知道一切都已经来不及了。

我再也不能正视面前的领导，再也不能和女同事愉快地分享汉堡王与哈根达斯，我的职场生涯或许走到了尽头，但我心有不甘，我是 4A 广告公司的一名专业的广告人，我的专业是……你懂的。

无限绑架

这是一份很有前途的工作，我们不是上帝，我们是绑匪，而这一份工作比上帝要自由许多，我们绑架生命，然后得到救赎。

一个男人绑架了我，他不要我的手机，不要我的钱包，也不要我的银行卡密码，他说："少废话，还不给我脱衣服！"

1

2013 年夏天并没有想象的那么长，我在合城为了混口饭吃艰难地站在大街上发着手里厚厚的单页。和我一起发单页的还有另外几个人，没错，我们在做的其实是一份很有前途的工作，至少比上一份自由。

我的上一份工作是某知名房地产公司的策划总监，新盖的楼盘离市区很远。当时我交往了一个自认为世界上最物超所值的女朋友菲菲，善良、贤惠、温柔、波霸，居然有 36D，为了载菲菲下（揸）班（油），我毫不犹豫地买了一辆黑色踏板摩托车，而我的厄运就是从这辆摩托车开始的。

我撞车了。

在直行绿灯的路口，一辆右拐的日产丰田抢道过弯，没有任何迟疑，我一个转身，72 度旋转，脚踏摩托座椅纵身一跃，耳边响起了

2008 年北京奥运会的现场解说。

"现在正在为您直播的是第 29 届夏季奥林匹克运动会的跳马项目，下一个出场的选手是中国选手捌匹马，难度系数为 8.8，捌匹马后倾助跑，空中腿子后手翻接转体 180 度！漂亮！这将是有史以来中国第一位挑战'李小鹏跳'的选手！"

"而正当我为自己空中翻转沾沾自喜的时候，一辆黑白丰田小汽车从我的身体上空飞驰而过，此时，时间仿佛突然静止，左手右手都只能是慢动作重播。轰隆隆的引擎声震耳欲聋，我看见了车身上藤、原、豆、腐、店这几个大字从我眼前侧身而过，没错，就是这家店的车。"

"嗯，你说的车我在《头文字 D》里听说过，应该是秋名山的 AE86。"医生安静地坐在病床边，一脸认真地回答我。

我说："在秋名山，我只认识藤原拓海。"

医生微笑着朝我点了点头，然后满脸扭曲地冲我朋友刘长博骂道："现在都晚上十点了，这他妈谁买的夜宵，居然是臭豆腐？不知道病人忌口吗？"

"你躲过了车祸，轻微脑震荡伴有障碍性记忆紊乱，需要住院观察几天。"医生最后这样对我说。

然而撞我的人，刘长博说，他跑了。

2

中国文化真的是博大精深，刘长博曾对我说过他喜欢大波浪的长头发妹子，成熟知性。我恨不得举双手双脚来赞同他的观点。

大波，浪的，长头发，确实让我想入非非，但是，这一次菲菲没有来见我。

我是那天偷偷翘班遭遇的车祸，车祸当时我的脑海里其实闪过的是和菲菲的过去、现在与将来。

我曾想过我们要生一对双胞胎，又或者是龙凤胎，男孩就叫"捌极拳"，女孩就叫"捌卦掌"，现在倒好，医生强制要求我住院观察一礼拜，看来这回工作是要丢了。

而听朋友说，我的黑色踏板摩托车也已经面目全非，被拖到了废弃场里。合城一直是禁止摩托车上路的，这一点我已经深深认可，但是说什么也晚了，现在连女朋友也离我而去，我还怀疑她和别的男人上床，难道是我出了问题？我实在忍不了心里的苦涩，于是找了个没有人的角落，痛哭流涕起来。

3

爱哭的女孩运气往往不会太差，总有下半身肿胀的勇猛骑士会在此时乘虚而入。哭，果然只适合女孩，一个白衣天使出现在了我的面前，平底黑鞋搭配肉色丝袜，往上看是裹得鼓鼓囊囊的裆部与肥屁股，呃，变态男护士？！

一个趔趄，我被男护士一把抱住拖到了走廊的深处。他放开了我，我背靠墙根已然不知所措，紧接着我稳住了心神，脑海里浮现出无数种武术招式、心法口诀、龟派气功、降龙十八掌……

电光石火间，我使了一招马步冲拳，再接着白鹤亮翅，最后一招螳臂挡车，就顺势把钱包交了出去。但是变态男护士却把我的钱包扔到了一边，丝毫不感兴趣。我如临大敌，立刻转身闭眼，右手掏出手机递到身后，小声说道："哥，我知道规矩，我啥都没看见，手机你也拿走，钱包里的钱虽然不多，但是银行卡里还有一万块，密码是

201314！"

等了半晌，我听着身后没有动静，便从指缝里偷偷往后看。妈的！变态男护士居然在脱衣服，他似乎发现我在看他，嘴里嘟囔了一声："少废话，还不给你脱衣服！"我顿时吓尿，心想自己虽然纵马持枪了大半辈子，没想到最后却栽在周杰伦这首《菊花台》上，莫不是那菊花残，满地伤，你的笑容已泛黄……

"叫你脱个裤子你唱什么歌！"变态男短促地呵斥我，"穿上这个，把你的病号服扔了！"

我恍惚间没听明白，怯怯地回道："不做了？"

"少废话，换好衣服我们出去！"变态男已经套上了一身黑色西装，我急忙套上他扔来的裤子，死死提着裤腰，丝毫不敢放手。我刚做好心理准备挑战人生巅峰，现在又叫我换衣服出去，这真是太他妈欺负人了。

4

"你还有什么心愿没有达成？"我和变态男已经离开了医院，现在是深夜一点半，我们站在一个二十四小时便利店的门口，变态男小心翼翼地舔着手里的绿豆雪糕，顺带也递给我一根。

"死就死吧！"我心里凛然，接过冰棒一口咬断了半截，说："我只有一个愿望没有达成，我要见菲菲最后一面。"

"好，她住在哪儿，我带你去。"

"我凭什么相信你，你要是伤害她怎么办！"我鼓起勇气大声说道。

"你有得选吗？你那个朋友好像还在医院，还有你父母的家庭地址好像医院也有登记吧，要不要我也把他们带过来？"变态男邪恶地抿嘴一笑，我只感觉浑身发冷，立马败下阵来。

"好，你带我去见她，但是你如果敢伤害菲菲，我做鬼也不会放过你。"最终我还是妥协了。

5

我们打车来到了菲菲住的小区门口。昏暗的路灯，橙色的街道，沿着台阶，花圃往深处去就是菲菲所住的那栋别墅。

"你小子有两把刷子啊！"变态男啧啧评价道，"敢情还是个富家小姐，怪不得你这么想见她。"

"你这是在侮辱我们之间的感情，我只是想问她一个问题，为什么不来见我。"我双手握拳，眼泛泪光，有些不甘心，又有些失落。

变态男见状，也不插话。我们来到别墅门口，刚要敲门，却听到楼里传来男女苟且的声音。

我顿时怒火中烧，变态男也有些不忍，我们踹开了大门，直奔楼梯，紧接着令人匪夷所思的画面出现在我们面前。变态男惊恐地望向那个紧紧抱住菲菲的男人，然后又望我，竟结巴起来："这……这……这他妈是怎么回事？"

"下午那场车祸并不是只有我一个人骑着摩托……"我一脸平淡地慢慢向变态男走近。

"菲菲当时就坐在我的身后。"那个紧紧抱住菲菲的男人也朝变态男走了过来。他面部虽然冷漠，面孔却和我一模一样。

"你早就知道我是那个逃逸的司机？"变态男额头冒起冷汗，身子冰凉，凛冽的寒风伴着窗前的月光扑打着帘子，噼里啪啦。

"我……我已经在赎罪了，不然我不会带你来见她，求……求求你……放过我吧……"变态男萎缩成一团，双手抱头，趴在地上瑟瑟发抖。

"晚了，我说过你如果敢伤害菲菲，我做鬼也不会放过你。"

我和另一个男人走在了一起，合二为一。菲菲向前依偎在我的怀里，眼里泛起幽怨的红光。

啪！别墅的门窗紧紧地锁了起来，再也没有打开。

6

2013 年的夏天并没有想象的那么长，太阳很早就下山了，而我在合城为了永远活下去，艰难地站在大街上发着手里厚厚的单页。和我一起发单页的还有另外几个人：刘长博、菲菲，还有那个穿着平底黑鞋、肉色丝袜的变态男护士。突然，一辆汽车不顾大街上的行人径直冲向了人行道上。这一次，换变态男护士被醉酒的司机残忍撞倒，菲菲跟着逃逸的汽车追踪而去，刘长博负责保护好现场协助变态男，而我则附身在车主身上诱导他为自己的过失忏悔愧疚。

这是一份很有前途的工作，我们不是上帝，我们是绑匪，而这一份工作比上帝要自由许多，我们绑架生命，然后得到救赎。

酒神

她质问道："你终究还是要纳妾？！"

"胡闹！"白义只是冷喝一声。

她恍惚间大彻大悟，身子一歪，侧身翻转酒坛，掀开封纸居然大口地牛饮起来。

"不要！"白义心中大骇，若是喝了这整整一坛"醉三秋"，怕是一生一世都醒不来了……

1

马车碾压了数十年的道路笔直地通向远方，这是合城的路，今儿又是酷暑，守城的官老爷们打着哈欠说道："哎，又不知要在这里待到什么时候了。"

合城，在年年战乱的国度里，它是避难者们最后的净土，深处腹地，远离要塞，是官员们的后花园。没有政绩的，贪生怕死的，还有养老的都愿意涌进来。这个已经接纳了第三波避难的人，就连皇帝佬儿也许都向往的地方，今天摊上大事了！

晴天霹雳！城郊百里一道粗壮犹如巨龙的闪电裹着一声惊雷愣是吵醒了合城里所有的孩子，顿时，哇哇的哭声此起彼伏。伸长了脖子的老头老太们打量着窗外，火光冲天，浓烟与灼热夹杂着让人窒息的气体急速消耗着每一个人的生机，合城俨然成了一片火海，肆意妄为的呼喊声充斥着天地。远远望去，逃散的人们就像一群群无助的鸭子，就算是喜爱烤鸭的吃货们恐怕也要号啕大哭了，这一场大火怕是要屠城。

正当人们惊慌失措的时候，通往城门口的路上，突然飘来一阵酒香。远远望去，来的竟是一位怪人，脚踏七色木屐，手提一坛陈酒，扎着小辫的胡子往上翘，一张冷峻的关公脸，还有那扎着老高的发簪使得他整个人的气质显得有些拘谨又怪诞。这哪像个平常人，这是疯子？

守城的官老爷们四目相对，你看看我，我看看你，都不出声，眼瞅着那人走到了城门口。官老爷咽了口吐沫，大声喝道："呔！合城失火，莫不是你这痴汉所为！"这怪人蓦然一笑，嗡的一声，周身散发出万丈金光，金光化作雨水倾盆而落。百里内的大树皆伸长了数米，遍地的鲜花四处生长，更有成群的灵鸟漫天飞舞。接着只见一刹银光，合城的人都惊醒了，烧毁的房屋变回了原来的样子，垂死的病人都恢复了健康，而那个怪人却只留下了一坛陈酒。众人大骇，接着就是匍匐在地上，嘴里呜呜地喊着："多谢白义先生，多谢白义先生！"

而这白义，正是这坛陈酒的主人。

2

"白头吟"酒坛上的红纸黑字尤为醒目，这是合城白家酒庄所特有的，而酒庄的主人白义早在十八年前就神秘失踪，有传言说他正是为了寻找这天下第一的美酒"白头吟"，而原因只是一个承诺。

合城城主慕容博曾有一个女儿名叫慕容雪，虽生得千娇百媚，风姿绰约，但却是一个寡妇。那年她十七岁半，青梅竹马的夫君意外身亡，这给了她沉重的打击。作为合城城主的女儿，为了不惹人闲话，慕容雪本以为这辈子都要遵从礼教，空守闺房，而此时她却遇到了生命中最重要的那个人——卖酒郎。

那天慕容雪无意间闻到一股沁人心脾的花香，她寻觅出去，沿着花香弯弯绕绕过了三五条巷子，居然踏进了卖酒郎的家中。卖酒郎身高八尺，气宇轩昂，虽不是生在大方之家，却也见多识广，风度翩翩。桌上正摆着一坛陈酒，封纸已然被掀开，半杯佳酿花香四溢。闭上眼睛，仿佛置身花海，与蝶齐舞，这让慕容雪冰冷的心恍如隔世。她已经很久没有这样心情舒畅了，"这是什么酒？"慕容雪忍不住问道。

"蝶恋花。"卖酒郎说道，"此酒乃清晨薄雾初散之时，采百种鲜花的露水偶尔得之。"

"你不问我是谁？"慕容雪疑惑不解。

"同是天涯沦落人，相逢何必曾相识。"卖酒郎侧身一拜，所拜之处却是一处灵牌。

3

有缘人无处不见，慕容雪与卖酒郎一见钟情，然而他们的爱情遭到了慕容雪父亲的强烈阻碍，慕容雪被反锁在家里禁足数月。卖酒郎不忍爱人苟且度日，遂于城主府前下跪九九八十一天，终见得慕容博一面，并与慕容博约定三年之期，定要富甲一方前来迎娶爱人。

转眼三年，卖酒郎以"蝶恋花"为引，怀着自己对慕容雪的祈盼，终于酿造了举世闻名的美酒"梦三娘"。有人说这酒里香甜中带着一丝苦涩，有人说在味蕾中回甘才能体会酿造者的深情，还有人说这"梦三娘"融入的其实是酿造者的泪水。卖酒郎声名鹊起，人们不再叫他卖酒郎，而是叫他的名字，白义。

白义在合城有了自己的酒庄，合城第一的酒庄。慕容博面上有光，借着三年前与白义的承诺给自己找了个台阶，最终接受了慕容雪与白义的爱情，可是白义却变了。

三年的生意经带来的不只是身份的变化。在酒色犬马里，白义像平常男人一样被铜臭腐蚀，他们的爱情并非情比金坚，白义又爱上了另一个女人，那是醉青楼里有名的花魁薛氏。白义萌生了纳妾之意。

4

纸永远是包不住火的，慕容雪听闻了这个消息，她知道白义这是故意在借别人的嘴来试探她。本就情感决绝的慕容雪愤然取出了白义藏在窖中的百年陈酿"醉千秋"，这是白义的掌中宝，心头肉，价值何止连城，简直举世无双。白义曾说："但饮一瓢此酒，必可昏睡百日，百日若无此酒续饮，酒醉之人必将无法醒来。"

今天，慕容雪就是要在白义面前砸了此酒，让白义明白，她爱的是那个卖酒郎，是那个守了三年承诺的卖酒郎。她质问道："你终究还是要纳妾？！"

"胡闹！"白义只是冷喝一声，看上去却是无动于衷。慕容雪看着眼前的白义，突然发现面前的男人哪还有当年的影子，虚弱发福的身躯里住着的是奢淫的游魂。她恍惚间大彻大悟，身子一歪，默默吟道："闻君有两意，故来相决绝。"慕容雪侧身翻转酒坛，掀开封纸居然大口地牛饮起来。酒气沿着慕容雪的嘴巴、鼻子、颈部流淌下来，一瞬间就弥漫在了整个屋子，犹如瑶池仙境。顿时酒香充斥了整个合城，隐约间能听到昏暗的天空中天雷在翻滚。

"不要！"白义心中大骇，若是喝了这整整一坛"醉三秋"，怕是一生一世都醒不来了，白义想阻止慕容雪，但为时已晚。慕容雪擦干了嘴角的酒痕，双眼迷离，身形摇晃，她怀抱着空酒坛痴痴地吟道："愿得一心人，白首不相离。"说罢，酒坛碎地，慕容雪卧倒在地，长睡不醒。

"你这又是何苦。"白义跪倒在慕容雪的身前，痛哭流涕，"要救醒慕容雪只有找到另一坛'醉三秋'！"白义喃喃自语……

翌日，当慕容博闻讯赶来的时候，只有七八个丫鬟围绕在慕容雪身边，却再不见白义的身影，白义从此消失在了合城，而这"醉三秋"则有了另一个名字，叫"白头吟"，"愿得一心人，白首不相离"。

天下第一的美酒终于在十八年后重现天日，而这一天火光冲天的合城得救了。

5

"贾导，您看咱这白酒广告剧本能过了吗？演员已经安排好档期，制片人说随时都可以拍。"贾岛正津津有味地听着面前的年轻大胡子给自己讲解剧本。这已经是白义第七次代表酒厂与贾导探讨剧本创意了。

"可以，就这么拍！"贾导满意地说道。

年轻大胡子欣喜若狂，为了熬这个剧本，他已经闭关一个月了，胡子也长得老长活像马克思。他叫白义，是"白头吟"陈酒酿造厂的策划经理，这次酒厂的广告片正是由他来负责，剧本一旦定下来要拍，那离拿到广告提成就不远了，他已经迫不及待要告诉女友这个消息，他们已经有一个多月没有见面了。

然而电话还没有拨通，手机里突然收到一条来自当地派出所播报的紧急消息：合西化工厂因不明原因起火爆炸，十余千米外就能看到黑烟蔽天，厂内堆积着五百吨成品及原料付之一炬，抢救过程一再传出爆炸声，消防人员一度紧急避退，死亡人数尚不能确定，然而抢救机关唯恐爆炸波及附近住宅区，正在安排市民避难，请居住在以下小区的居民迅速撤离，合北花园、合城小区……

"糟了，慕容雪肯定还在睡觉。"白义的女友是一个婚礼策划师，经常熬夜加班，现在是十点十一分，她一定还没睡醒。想到这里，白义敏捷地冲出门外，他跑得飞快，眼前的景色瞬间模糊了起来，火光冲天，浓烟与灼热夹杂着让人窒息的气体急速消耗着每一个人的生机，合城小区俨然成了一片火海。白义因为跑得太急面色通红，胡子已经被浓烟熏焦，打起了一个个像辫子似的小结。为了避免头发遭殃，他又随手捡了根树枝把头发盘得老高。眼前的模样让他有些好笑，似曾相识的场景再一次出现，"果然还是躲不过命运吗？！"白义从裤兜里摸出一瓶白酒，喃喃自语："愿得一心人，白首不相离。"说罢周身泛起金光无限，紧接着是致盲的白。

合城，在这片年年战乱的国度里，它是避难者们最后的净土，而今天它却迎来了一位怪人，就在怪人的不远处，合城里汹涌澎湃的大火正在吞噬着生命。

失恋门诊室

　　每一个情感咨询师，都曾经是失恋高危患者，他们体验过绝望的表白，经历过绝望的分手，沉寂在见光死的深渊里，回不到不见不散的从前，他们不希望另一半出轨，但内心却也被另一半荒唐的出柜分手理由打得支离破碎。

1

　　每到下雨天，陈璐总会出现在我的诊所。她患有一种比较独特的病症，医学上称为"绝望的表白"，用她自己的话来说，就是她一旦喜欢上一个人，那个人就会立马找到女朋友，很可惜的是，那个女朋友永远是别人。

　　她来我这里已经有一年多了。每次来的时候，她都会带一盒自己烘焙的意式玛格丽特饼干，尝起来总有一种淡淡的蛋黄香味，口感很像是大一点的旺仔小馒头。

　　她总是一个人静静地看着我吃，也不说话，直到我看完她的病例，吃完整盒饼干，她才起身准备离开。这在我们诊所里不算什么稀奇的事情，毕竟每一个失恋的人都不太想说话。

　　实话实说，在我这里治疗失恋的方法其实很简单，除了必要的安定以外，就是督促她不要轻易表白，只要对方发现了她的好，由另一个人表白，那么她就能过上正常人的恋爱生活了。

作为情感咨询师，我已经不厌其烦地叮嘱过她很多遍了，但是效果并不好，陈璐总是控制不住自己表白的冲动，她已经失恋很多次了。我们相顾无言，她享受这片刻的安静去平复她心中激动的情绪。也许沉默才是她最需要的治疗方法，我时常在她走后这样想。

陈璐又一次出现的时候，屋外正下着倾盆大雨，这对于我来说是一个好天气，因为下雨的时候往往分手的情侣特别多，而来我这里的病人自然也不会少，陈璐是第一个，我知道她不会是最后一个。

2

像我们这样的失恋门诊室资金并不充裕，甚至有时候还没有一个普通的心理门诊室挣得多，但情感咨询师这个行当，其实也有自己的挣钱路子，这多半要感谢整形美容医院，因为我们这里接待最多的病患都属于"见光死"这种类型，在这个看脸的社会，没有颜值是没法活的，这基本适用于任何一个患者。我们有整容医院的VIP客户渠道，我们感谢每一个"见光死"患者的到来，当然也有例外。

孙先生是我这里接待的比较特殊的病患，他虽然长着一副好皮囊，但是只要和女友见面，就会分手。他的病症属于"见光死"的变种类型，学名叫"不见不散"。

这种病非常不好治疗，我曾经读过一个病例，一个病患每当和自己的爱人约会的时候，总会发生许多惊险的事情。比如两人正在餐厅吃饭，结果遇到恐怖袭击；两人正在银行取钱，结果遇到劫匪抢钱；

第四幕　危机

两人打算去国外度假，结果遇到飞机故障。总之，只要两人待在一起，就没有好日子过，最终都是劳燕分飞，后来这个病患的事情被拍成了电影，名字就叫"不见不散"。

　　"孙先生，您能具体说说自己的病情吗？"

　　"我只要一和女友见面，就会吵架，然后就是分手！"

　　"兴许是八字不合吧，您谈过其他女朋友吗？"

　　"每一个都吵架。"

　　"没出现过外部原因，比如抢劫、爆炸、车祸什么的吧？"

　　"那倒没有。"

　　我的心总算放松了下来，只要和运气无关，那多半就是性格原因了。

　　"你为什么会和女朋友吵架呢？"

　　"其实不见面还好，一见面我就受不了对方的各种作态，总觉得对方配不上自己。"

　　"我知道怎么治了！"

　　"真的？"

　　"嗯，你需要微创整形。"

　　"可我并不觉得自己丑啊！"

　　"不，我是说你需要变丑。"

　　但凡外表好看的人，或者经常注意自己仪表的人，他们的内心或多或少都有些傲气，甚至有一些强迫完美的综合症状，这种"不见不散"的病因主要来源于自恋。

　　"治标的办法就是让自己快速拥有瑕疵，这样你就能理解别人的处事行为，同时也为自己找到一些妥协的借口。"

　　"那治本呢？"

"治本就是你平时吃饭多吃一点，胖子是这个世界上性格最好的物种。"

我还能怎么办呢，为了挣点外快，我已经拼尽全力了，感谢整容医院，让世界充满爱。

3

每一个医院里都会有医闹事件，在我们这种偏科门诊室里也会有令我们头痛的病患闹事，我要说的人叫王安然。

王安然患有一种绝症，起初我们只把她当作"强迫出轨症"的患者，简单来说，就是一谈恋爱对方就出轨。我的同事刘长博是她的主治情感咨询师，他断定对方出轨的真正原因是王安然在恋爱中过于丧失自我人格，这才导致对方不断出轨，讲得明白一点，就是把另一半宠坏了。

无论对方做出什么出格的事情，王安然都始终坚信自己的男朋友没有错，并且出于女性容易忍让，自我性格偏向逆来顺受的特点，她几乎原谅了男友所有的出轨事情。其实在这一病症的判断上，起初我和刘长博的看法是一致的，我们除了给她服用少量安定之外，还一致叮嘱患者要多多保持自我人格，不要在恋爱中丧失了自我。

但是后来，事情发生了直转而下的突变。

"强迫出轨症"居然变成了"强迫出柜症"，每一个她喜欢上的对象居然都变成了同性恋。这一点在目前的医学史上还没有特例出现，倒是被我们给撞上了。

直到最近的几个月，我们才研究出了问题的关键，原来因为她受情伤过度，刻意逃避了大多数正常的男子，而选择了多半看上去就比较娘炮的男生。当然，出于某些道德层面的考虑，不排除同性恋主动找上门来骗婚的可能。做我们这行，有些时候，脑洞开发能力要比平常人大很多才能解决。

4

"我说了这么多，这一次你总该说话了吧？"陈璐紧张地坐在我对面的躺椅上，她并没有说话，只是一边看着我吃着玛格丽特饼干，一边认真地倾听我说的故事，她总是对情感咨询师的故事抱有很多的好奇。

"嗯，你失恋过吗？"陈璐终于说话了。

"即便我是情感咨询师，我也一定会失恋。"我耸了耸肩，示意她接着说。

"我的病情是不是也会像你说的那些人一样，会有突变的可能？"陈璐好像有些担心，她一直不好好按要求服用安定，也不听医生的叮嘱，时常犯病。

"嗯，理论上来说，你来我这里已经有一年多了，但我们交流的东西并不多，如果再往深层次发展，可能会转为'绝望的分手'这种病症。"

"那是什么？"

"但凡你喜欢的人都会立马结婚！"我严肃地说。

"那我该怎么办？"陈璐似乎害怕了起来。

"那你愿意配合我的治疗吗？"

"当然！"

每一个情感咨询师，都曾经是失恋高危患者，他们体验过绝望的表白，经历过绝望的分手，沉寂在见光死的深渊里，回不到不见不散的从前，他们不希望另一半出轨，但内心却也被另一半荒唐的出柜分手理由打得支离破碎。

"你愿意当我的女朋友吗？"我一字一句地说道。

"你居然知道？"

"我一直都知道。"

每一个失恋的人都有病，有的人轻度瘀伤，有的人却病入膏肓。

"我知道你喜欢我，所以请千万不要离开我，因为我知道，如果这一次我抓不住你，那么我将错过一个真正美好的人，我其实也和你一样得了病，那个病叫'失去你，我就没法好好生活'。"

5

"绝望的表白"是一种普遍存在于失恋患者的疾病，患者一旦感染，就绝对不能对自己心爱的人表白，因为但凡表白过后，另一半就会立马找到自己的女朋友，但很可惜，那个女朋友却永远是别人的。

医学上常见治疗这种病症的方法是服用少许安定，缓解情绪，并在日常心理治疗上掌握控制自己的办法，只要患者不是第一个开口表白的一方，那么等待对方表白，自然能够达成恋爱的效果。

当然，除了服用药物稳定情绪，控制言语外，我们似乎常常忽视了一种较为积极的方法去达成患者的恋爱意愿。

请用自己的行动去表达爱意吧！可以是一束玫瑰花，也可以是一块情人节的巧克力，如果你实在羞于表达爱意，那不如试试一盒饼干吧，意式玛格丽特饼干，相传它的背后有一个浪漫的爱情故事。

一个意大利的面点师喜欢上了一个叫玛格丽特的姑娘，于是他一边默念自己心爱姑娘的名字，一边将自己的指纹印在了饼干上。

我对陈璐说："我一直都知道。"

这里是失恋门诊室，我们治愈失恋，失恋也治愈我们。

第五幕

改 变

To Be A Better Man

　　生活不只有故事，它还有事故，感情
不只有欢喜，它还有疾苦。我们在等待与
追逐间进退维谷，却在利益与成败间左右
逢源。

从前有座山

酒吧里总会遇见许多奇怪的人，他们每一个故事的结尾都已写在开头，而我听着手机里余伦翻唱的《南山南》，恍惚间有一个女人坐在吧台的一角……

1

酒吧里总会遇见许多奇怪的人，漂洋过海来中国寻梦的牙买加黑人在这里流浪，翻山越岭徒步旅行的乌克兰小伙在这里把妹，西装革履手持黑色皮包的日本老男人在这里孤独地吟唱……

他们都会向我点一杯威士忌或者是龙舌兰，再不济也是一打酒花四溢的青岛或者百威，而唯独只有一个人从来不在酒吧喝酒，他只要一杯微热的牛奶而且从不加糖。

每一个百毒不侵的人都曾无药可救过，这是我在酒吧打工那年听说的故事，我问他："你为什么只喝牛奶？"他回我："如果你愿意听，那么我就开始讲了。"

"从前有一座山，山里有一个老和尚……"

2

余伦的梦想是做一名歌手，一个诗人，在有限的生命里为无限的生活留下令人赞颂的传世乐章。他生在一个富裕的家庭里，本是被命运选中含着金汤勺出生的少数人，衣食无忧，但他有一个厉害的温州父亲，希望他子承父业，做一个生意人。

"以梦为马，诗酒趁年华。"这是他最喜爱的诗，而如今只剩酒了。

父亲切断了他生活里所有的经济来源，逼他去美国读斯坦福大学的 MBA。不得不说，余伦确实很有生意头脑，他答应了父亲的要求，去了国外，但他没有念书，而是拿着父亲给他的最后一笔学费偷偷回了国。

他手里有了五万美元，谁又能阻挡诗和远方？

音乐是最烧钱的机器，因为它搭载了梦想。

3

"开一个专业的音乐工作室大概要多少钱？"我好奇地问。

"最起码要二三十万吧。"余伦说。

余伦买了最好的设备，搭建了属于自己的录音棚。

他用了三个月的时间专心写歌，靠堆积的泡面度日，出了不少自己满意的歌曲，他怀着激动的心情给各大唱片公司投稿，却都石沉大海。

余伦已经差不多花光了自己所有的钱，他开始犹豫自己选择的路是否正确。就在他即将放弃的时候，余伦收到了一封唱片公司的邮件，邮件里是这样写的：很高兴收到了您的小样，但是可能小样并不适合我们现有的男歌手演唱，而且目前市场上也不流行您这样的曲风，我们期待您的下一次作品。

"这或许又是一次沉重的打击吧！"我看着对面的余伦，面露难色。

"所以你最后还是放弃了音乐？"我问。

"你开什么玩笑？"

"我简直高兴坏了！"

"这是我第一次得到唱片公司的回应。"

余伦满脸甜蜜地抿了抿杯中的牛奶，在他的嘴唇上沾满了白色的泡沫，像极了一只长了白胡子的黑猫，幸福得不行。

"我认真听取了唱片公司的建议，谈了一场恋爱！"

"啊？！你这什么鬼逻辑？"我吃惊地放下了手中清洗的玻璃杯。

4

2004 年，湖南卫视举办了一场针对女性大众歌手的选秀比赛《超级女声》，那正是余伦偷偷回国的时候。第一届出了两个歌手，一个叫作安又琪，另一个叫作张含韵，但都不是非常有名，而紧接着的 2005 年则是"超级女声"的全盛时代，李宇春、周笔畅、张靓颖火遍了全国。在这一年，余伦收到了唱片公司的回信，他开始为女生写歌。

女人总是感性的，她们需要温暖，需要拥抱，需要认真地给予才能填补她们本就不多的安全感。余伦没有谈过恋爱，他不知道什么叫作"我的心里只有你没有他"，他认识了罗青青。

　　我的心里只有你没有她

　　你要相信我的情意并不假

　　只有你才是我梦想

　　只有你才叫我牵挂

　　我的心里没有她

那是一个仅有七八个平方米的舞台，吉他手、贝斯手在舞台的左右两侧弓着身子不断地颤抖摇摆，后方的鼓手720度摆弄着鼓槌展示娴熟的手上技巧，跟着鼓点节奏演唱的女孩则一身红色皮衣，分外好看。

"她唱的是《我的心里只有你没有他》。"一个身着麻布青衣的女孩子坐在吧台的一角对余伦说道。

她的手腕戴着许多五颜六色的木质手串，身上吊着七零八落的布袋装饰品，一条破了洞的牛仔九分裤套在麻布青衣的下面，露出白皙的脚踝很是好看。

"是他，还是她？"余伦说。

"她唱的是他。"罗青青说。

罗青青是台上红衣女歌手的姐妹，她们一起在这座仅有的几个酒吧的城里徘徊，以演出为生，更准确地说，罗青青是红衣女歌手的助理或者经纪人。

余伦对她说："我写了几首歌想让台上的女孩试试。"

罗青青说："好啊，我是她朋友，你得请我喝杯东西。"

余伦说："那来杯鸡尾酒吧，蓝色夏威夷衬你的衣服。"

罗青青说："我要一杯牛奶，不加糖。"

5

罗青青给了余伦一个QQ，她对余伦说："你加得上我，我就帮你把歌曲给她。"QQ的验证问题是"宫、商、角、徵、羽，打一首歌名。"

余伦是真正热爱音乐的人，他知道这代表中国古曲的五音：1、2、

3、5、6，而且还和香港有名的音乐大家黄霑有关。

"黄霑曾为电影《笑傲江湖》作曲，这是他参考《宋史音乐志》里'大乐必易'数语而顿悟的歌，以'宫商角徵羽'倒过来而成的名篇《沧海一声笑》！"余伦笑着看向罗青青。

罗青青说："你一定会成为很厉害的音乐制作人。"

罗青青终于妥协了。

这一天是余伦的生日，也是黄霑的忌日。2004 年 11 月 24 日，伟大的词曲家黄霑死于肺癌。就在去年，余伦躲在自己四五十平方米的音乐工作室里哭了整整一夜。

6

余伦的作曲配上红衣女孩的歌唱，还有罗青青在各大酒吧和商场间的卖力推广，红衣女孩终于在合城火了起来。虽然她没有参加第二年的《超级女声》，但电视台的编导们都相信她一定会红。而同样火热的还有余伦和罗青青的爱情。

罗青青为红衣女孩联系了香港的一家唱片公司，而余伦为罗青青张罗了一枚钻石戒指，准备向罗青青求婚。

红衣女孩因为失恋要余伦陪她去酒吧喝酒。

那是一个晴朗的夜空，抬头能望见漫天的繁星，北斗七星勾勒着北部大熊星座的脊梁和尾巴，而离它最遥远的南边有一只威武的蝎子抢夺了天空中所有星座的光辉。

"我请你喝杯鸡尾酒吧！"红衣女孩这样对余伦说。

余伦喝的是天蝎座，一种鸡尾酒的名字，红衣女孩在他喝了七八杯酒之后对他说："余伦，我喜欢你。"

7

"你在南方的艳阳里大雪纷飞，我在北方的寒夜里四季如春……"

我在喜马拉雅 FM 里听着余伦翻唱的《南山南》，回忆着七八年前他在酒吧里和我说的故事。余伦虽然还没有成名，但也成了一个小有名气的电台主播，他在每一个夜晚为不眠人讲述着有关爱情与赎罪的故事。

罗青青还是走了，红衣女孩去了香港，而余伦只剩下一个人。

> 我的心里只有你没有她
>
> 你要相信我的情意并不假
>
> 我的眼泪为了你流
>
> 我的眼泪为了你擦
>
> 从来不是为了她
>
> …………

这是余伦在手机里对罗青青唱的最后的歌。

他们在酒吧里第一次相遇，红衣女孩站在舞台上望着他。

8

就在罗青青和余伦分手的第三个月，余伦突然后悔了，他跑遍了合城所有的酒吧、商场、公园，还有小区，只为找到她。他问过合城所有的酒保有没有见过一个身高一米七左右，穿着打扮像丐帮七八九袋长老的少数民族女孩。余伦相信罗青青一定会出现，因为她只在酒吧里点一杯牛奶，而且从不加糖，谁都会记得她。

但罗青青还是消失在了余伦的故事里，一转眼已是三年时光。

9

2008 年冬天，一场百年难遇的雪灾侵袭了大半个中国，其中要属湖北省和安徽省受灾最为严重，将近 800 万人受灾，5 万多人紧急转移。合城一辆超载大巴，由于路面结冰，跌落进 6 米深的路沟，造成了 11 死 51 伤，这是密布在整个合城人民心头的阴云，我们都感到痛苦。

就在这一年，我在酒吧遇见了余伦。

他对我说，他只要一杯微热的牛奶，不加糖。

我听他讲完了整个故事：

从前有一座山，山里有一个老和尚，有一天一只大蟒蛇路过了山里，它问老和尚："你为什么会在这里？"

老和尚在山前打坐，气定神闲地说："我也不知道，不是我要来的。"

大蟒蛇说："那我吃了你吧！"

老和尚说："随便你。"

于是大蟒蛇吞了和尚离开了深山。不知过了多久，也许是三天，也许是三个月，又或者是三年，大蟒蛇一直消化不掉老和尚，结果活活被老和尚给撑死在一片戈壁滩上。风沙吹散了大蟒蛇的骸骨，只有老和尚还坐在戈壁滩上气定神闲地打坐。

这时不远处来了一只吊睛白额巨虎，老虎朝老和尚吼道："你为什么会在这里？"

老和尚说："我也不知道，不是我要来的。"

10

人生中总会遇到数不清的过客与你擦肩而过，天下又怎会有不散的宴席呢？我们每个人都在命运的长河里游走，向喜欢或者厌倦的远方随波逐流。

海子在诗歌里唱："我愿和所有以梦为马的诗人一样，做远方的忠诚的儿子。"

张小砚在游记里说："以梦喂马，驰骋岁月，以梦为马，诗酒趁年华。"

大冰在流浪里写过："以梦为马，随处可栖。"

而余伦告诉我，他只要一杯微热的牛奶，而且不要加糖。

酒吧里总会遇见许多奇怪的人，他们每一个故事的结尾都已写在开头，而我听着手机里余伦翻唱的《南山南》，恍惚间有一个女人坐在吧台的一角……

她对酒保说："我要一杯牛奶，不加糖。"

我听得很清楚，但昏暗的灯光迷失了我的眼睛，我肯定是醉了……

你可以从我的世界里路过，但总会留下点儿什么。

超能力英雄

每一个孤独的午夜都有不眠人在把守，我靠长相把妹，他靠超能力……

1

罗西强，男二十七岁，广告公司职员，他是我在合城深夜里的把妹搭档，我们在酒吧徘徊，每一个孤独的午夜都有不眠人在把守，我靠长相把妹，他靠超能力。

超能力，顾名思义是非人类的能力。罗西强有个绝招，他既不能让时光倒流，也不能飞，但他可以用舌头舔到手肘，这让我十分诧异。你们不要笑，在我五六百人的朋友圈里，他是第一个做到的，所以我们管他叫"午夜超人"。

午夜超人的日常是拯救全世界，拯救全人类。这是罗西强把妹时绝对会说的话。

我们并排走近落单的酒吧美女，我扭了扭脖颈，轻微地拍拍美女的肩膀，对方回头，我指着身边的罗西强说："你好，他是罗西强，他有超能力呦！"然后转身离开。

搭讪就是这么简单，接下来就是属于午夜超人的舞台了，他说："对不起，是我的朋友唐突了，请你喝杯酒好吗，或者我来表演个超能力？"

"你难道会魔术？"美女说。

"是超能力，一般人绝对做不到的事。"罗西强说。

"你难道能隔空取物，时空穿梭，飞天遁地？"美女打着哈哈。

"我能用舌头舔到手肘。"罗西强严肃地说。

2

酒吧是属于午夜超人的。罗西强虽偶有失手，但是酒吧有酒吧的规矩，只要你不是挺着啤酒肚，衣着邋遢的猥琐大叔，通常是不会被拒绝的。罗西强靠超能力把妹，最后成功地牵手心动女生，走向了爱情的坟墓，他居然结婚了。

收到罗西强的喜帖时，为时已晚。午夜超人做了一个错误的决定，就像是我买了国足的门票，我不能像球场上的国足一样想射就射，而罗西强再也不能把妹。

罗西强的女友叫文文。

他说："文文，我又发现了一个超能力，我能让物体可大可小可长可短可粗可细。"

"滚蛋，又拿超能力骗人！"

"真的。你敢看吗？"罗西强气愤地说。

"看就看，谁怕谁！"

罗西强确实是午夜超人，那一晚文文怀孕了。自此他们过上了白雪公主与王子般的幸福生活，公主每天洗衣做饭，王子每天苦B加班，为了迎接新成员，他们与全世界战斗，拼命地奔跑，他们是幸福的。

结婚当天，罗西强带着文文来我们这桌敬酒，我拉着罗西强问他，"你以后不把妹了，还能当午夜超人吗？"罗西强看了看文文，自豪地说："我每天都是午夜超人！"文文羞涩地笑了，我们全乐了。

罗西强是午夜超人，升级版的午夜超人。

3

合城虽然不是什么一线城市，但是养个孩子的成本却出奇地高。

我和几个朋友在罗西强家里号啕大哭，我们感叹岁月这把杀猪刀，感叹美人迟暮、英雄暮年，感叹我们居然当叔叔了，而罗西强当上了该死的爸爸。文文生了个女儿，我们成了奇怪的叔叔，份子钱是逃不掉了，还有满月酒，还有生日礼物，还有每年的压岁钱，想到这里我们哭得更凶了。

罗西强把我们赶了出去，他说："全他妈是废物！"

我们说："妈蛋，你别嚣张，尿不湿我们包了！奶粉我们也包了！还有避孕套，这年头得从娃娃抓起！苦啥也不能苦了孩子啊！"

罗西强哭着追杀我们，手里拿着菜刀从小区东头，跑到了小区西头，文文在一边抱着女儿笑靥如花。罗西强活像个超人，我们各个屁滚尿流。

4

罗西强在广告公司里工作了八年，老板嫌他年纪太大，业绩一直没有进展，所以辞退了他。"2013年，这是90后的时代！"临别时罗西强的老板这样对他说。

罗西强没有了稳定的工作，但是女儿已经五岁了，正是上幼儿园的时候，文文没有工作，一家人都指着罗西强一个人过活。好在父母身体健康，这让罗西强松了不少气，但是一家子的开销还是重重地压在了他的身上，罗西强意识到自己又得拼命了。

我们曾几次三番地提出借钱给他开店，但是罗西强一直很要面子，就像当年我们赞助的奶粉、尿不湿，他一件未要，但是避孕套倒是拿了不少。

我们看着罗西强渐渐消瘦，看着他比我们率先长出了白发，看着他双眼通红地熬夜，我们插不上手，也帮不上忙。他打了两份工，白天在快递公司派送快件，晚上在外卖公司兼职，月薪不高，但加起来也有一万多块。罗西强是午夜超人，合城点夜宵的食客们，有一半要感谢他，他送了两年的夜宵，最后开了属于自己的外卖公司，当然公司的名字就叫午夜超人。

5

"罗西强，你终于成了名副其实的午夜超人！"我感叹着这几年的岁月变迁，举起酒杯为罗西强庆生，庆祝他终于重获新生，挺过了人生最艰难的时期。罗西强笑着不说话，闷哼一声把杯子里的白酒全干了，他舒服地叫出了声，终于来了说话的兴趣。

罗西强说："兄弟，我真的有超能力，我一直相信。"

我说："你有超能力，我们都看见了，你守护了一个家，和全世界战斗，拼命奔跑，我们都做不到，但你做到了，这就是超能力。"

罗西强说："兄弟，你误会我了，这是生活所迫，每个人都在战斗！"

我说："但我相信你有超能力，因为午夜超人外卖公司，你已经是官方认证了！"

罗西强说："兄弟，这些都不重要，你他妈能不能听我把话说完！"

我被罗西强说得直发懵，缓了缓神说："那你他妈到底要讲什么？"

罗西强说："我是午夜超人，我可以用舌头舔到手肘！"

我眼中潇洒的男人

我辞去了做了两年的工作，准备装 B 地踏上一个人的旅行。临行前我见了朱老，我问他为什么不改行做做其他的工作，朱老对我说，社会处处是染缸，只要初心不变，你始终会是原来的你，不管什么行业。

1

2009 年，我还是一个初出茅庐的小伙子。第一次踏入社会，第一次打工，第一次出差都是在这一年。也许是对工作充满幻想，也许是荷尔蒙在作祟，我始终对大人的世界很好奇。

朱老，就是我人生路上的第一抹靓丽风景。之所以把他摆在第一，完全是特殊癖好在作祟，也暗含了青春期的我们对成人世界羞愧的探索。

朱老是一名夜总会经理，是我眼中最潇洒的男人。

如果放在影视剧里，我相信我与朱老的第一次相识也会是个不错的桥段。我们是在出差的路上相遇，不是普通的异地大巴车，而是在黑车上。

"师傅你速度太快，会吓到我们这些乘客的，开黑车也要顾及服务啊！"

"咦，同志，我刚听你电话是要去合城赶着开会，到地方可需要

188

我让朋友安排车载你一程？"

"小伙子，你是去出差的吧？什么时候办完事回去，我们到时候再一起拼车回家啊！"

这个在黑车里聒噪的男人虽然嘴上碎碎地说着，但是手上功夫却不慢，活像只章鱼，我们每个人手里都接到了一张他的名片，没错，朱老的名片。

"相逢是缘，绮梦夜总会周五晚上有特大表演，各位报我老朱的名字低消全免，卡座半折！"

"再给我张名片，后天刚好有客户应酬。"不得不承认这是很有诱惑的营销手段，坐在我旁边戴着金丝眼镜，一脸严肃的中年人居然搭话了，真是不敢相信！这让我佩服起眼前的这个男人，我果断地添加了他的联系方式，想象着自己如果每天揣着名片见人就发的话，会不会也能有他的业绩。当然这我也只能想一想，因为每个人的脸皮能做的面点不一样，朱老是包子面皮，又厚又软，我顶多就是馄饨，说不定还是掉了皮的那种。

我想认识他，只是因为他是夜总会的营销经理，在我当时不到二十岁的年纪，光这个行业，就够令我好奇的了。

2

在合城办完事后，我拨通了朱老的电话，说一起拼车回家，朱老非常痛快地开了一辆狮跑载我返程，当然车是朱老从朋友那里借的，鬼能想到朱老朋友遍天下。于是，一路上我就成了朱老一生戎马江湖的最佳听众，朱老果然不愧是朱老。

朱老幼年时父母双亡，一直寄宿在亲戚家，十九岁出道，二十岁在茶餐厅里打工，后来当上了主管，在成功给一位"歪果仁"朋友推销了一瓶红酒以后，他迎来了人生中第一次机遇。那位"歪果仁"居然就是发明蛋挞的面点师传人，于是朱老拜在他的门下与他一起远赴澳门。在那里学习了四年，专攻茶餐厅管理，以及各种娱乐业服务法门。之后他又跟着老板远赴美国拉斯维加斯，但也沾上了赌钱的恶习，在美国输光了房子车子，气跑了老婆。最后回到了合城，成了一家本地娱乐会所的营销经理。到这里朱老的故事还不算讲完，这些都是陈年旧事。

在回去的路上，我曾问他后不后悔去了澳门，因为一切变故都是从去了澳门开始的。朱老豁达的回答却深深地征服了我。他说人生有三次机会：二十过半，三十四五，四十起末。这是大多数人的写照，我只是没有抓住这一次机会，以后的路还长，我还有拼的资本，澳门虽然给了我挫折，也给了我希望，我看到了不一样的世界，那是很多年前我想都不敢想的，至少我得到过，所以我不后悔。

我深深地看了朱老一眼，"由俭入奢易，由奢入俭难"这几个字我想了很久，终究没有说出口。一贯意气风发的朱老显得沉默，让我摸不清他的真实想法，毕竟这是一段沉甸甸的往事。

那一年，我十九岁半，朱老才刚刚二十六岁。

3

在销售圈摸爬滚打了两年，我终于坐上了公司区域经理的位子。此时的我已有很长时间没有联系过朱老，倒是朱老逢年过节就会给我发条很长的祝贺短信，并且一直邀我去夜总会坐坐。

一次偶然的机会，我再一次遇到了朱老，那是公司老板安排的一个客户应酬。我坐在卡座看舞台上的表演，客户和老板在划拳喝酒，因为没有女伴老板非常着急，为了避免被老板拖去找陪酒的公主，我只得借尿遁去了卫生间。夜总会的卫生间到底干不干净，像这样的问题我希望大家不要问我，但是在我尿意正浓的时候，蹲坑的隔间里却传来一个既熟悉又陌生的声音："外面的兄弟，借我点纸，忘带了！"顿时我胸前仿佛有一万只"草泥马"路过，很想对他说一句："兄弟，你饶了我吧，里面臭！"

为了避免尴尬，我把纸从隔断缝隙里递了进去，万万没想到，这个时候门被里面的二货打开了，更让我没想到的是，里面的二货居然是朱老。他略显诧异地看了我一眼，然后一边淡定地擦着屁股，一边对我说，朋友遍天下，走到哪里都有兄弟给我送纸！我说，你帮我个忙，出去之后，永远别说认识我。

4

朱老确实帮了我一个忙，当然不是与我分道扬镳，老死不相往来。现在的朱老已经是两家夜总会的总监，三家酒吧迪厅的副总，朱老非常快地解决了老板的问题，快到令我措手不及，当然客户很满意，我的老板很满意，我也就非常满意了。

事后我问朱老："你说这些小姐为什么不找一个体面的工作？"朱老说："小王你还太懵懂，大人的世界你还不明白，她们都是自愿的。"我不相信朱老的话，拉了一个女的试探性地问了刚刚的问题，但对方却给了我一个白眼，眼看就要拿瓶子打爆我的脑袋，朱老喝住了她。事后他告诉我，这个女的家里父亲欠赌债坐了牢，后面的事情就不说了，我了然于胸，原来大家都是可怜人。

做销售做久了，人自然也就乏了，见惯了声色犬马的糜烂，我也厌倦了各种应酬，更因为朱老让我明白了社会不止一种生活。无奈与无助，不公与不甘，其实就藏在你不经意的角落里，那里有人活着，也有人死去。

我辞去了做了两年的工作，准备装B地踏上一个人的旅行。临行前我见了朱老，我问他为什么不改行做做其他的工作，朱老对我说，社会处处是染缸，只要初心不变，你始终会是原来的你，不管什么行业。

朱老的话是对的，就在我离开合城后的第三年，收到了朱老的一封信。信里有一张请帖，上面写着："红番茄西餐厅诚邀您的大驾光临！"我知道，比起第一次的失败，朱老终于又站了起来。

我是大魔王

"原来恶贯满盈的大魔王也学会男人那套把戏了，知道怜香惜玉了吗？"

"不，我只是寂寞。"

万古不变的魔界神山上，矗立着一座孤独的城堡。

紫鸦横飞，

白骨遍野。

猩红色的血浆，

在地底的深处不断翻滚。

天空上燃烧着墨绿色的云，

城堡外缠绕着深蓝色的火焰。

奴隶像野兽一样逃离，

成群结队的铠甲炸裂如烟花，

八只脚的宠物咀嚼着人类的尸首……

而这些都是，

都是我最美好的回忆……

1

她醒来的时候，已经褪去了身上的甲胄，活下来的扈从在替她沐浴更衣之后，就都被兽人族的长老带走了。不得不说，人类穿上魔族的衣服，居然有几分精灵族的味道，这还真是稀奇。

"你为什么不杀了我？"

"我活了一万年，还是第一次遇见女英雄。"

"原来恶贯满盈的大魔王也学会男人那套把戏了，知道怜香惜玉了吗？"

"不，我只是寂寞。"

这个世界上有很多种人，诚实的、狡诈的、善良的、丑恶的，但这些都是人类眼中的自己，对于我来说，人类只分活着的和死去的。

我对她说："你活着，总比死了有趣。"

她说："很可惜，但我还是要杀你。"

2

她的武功差极了，远远不及人类的上一代英雄，那是一个能够和巨龙单挑的家伙，不过很可惜，他死了。

在他上门挑战我之前，我曾拜访过东方一个很有名的兽医，他最喜欢研究各类怪物的杂交配种技术，居然还真被他研究出了一种和西方恶龙截然不同的敏捷型龙族。因为某些必要的外交原因，他送了我一窝龙崽子，十二只改良巨龙的战斗实验报告，是在那个家伙死后我才完成的，那个兽医很满意，他叫"通天教主"。魔王也罢，教主也罢，其实都是一种职业，我的 Boss 叫上帝。

"你连我身边的护卫都打不过，还要挑战我吗？"

"我是人类选出的英雄，我的使命就是拯救世界。"

在我没当上魔王以前，就听上一任的魔族前辈说过，我们这一行虽然睥睨众生，但也要遵守职业操守，切忌纵欲享乐。每过百年顶头Boss 都会派一名人类的使者考验我们的工作能力，不合格的魔王将会被撤职查办，我们叫他督导，人类叫他英雄，英雄也是一种职业。

"你的剑已经断了。"

"还没有。"

"你的盔甲已经被我打碎。"

"还没有。"

"你的胸口正在流血。"

"还没有……"

她又昏过去了。

3

我要纠正我之前对于人类的看法，人类除了活着的和死去的，其实还分男人和女人。

我医好了她。

"我要挑战你。"

"上一次你已经输了。"

"上一次不算。"

"你这是自寻死路。"

我又医好了她。

4

"第一代人类英雄擅用长剑，剑柄是用他砍杀的地狱三头犬的獠牙所制，剑身取自极寒之地的天外玄铁，他砍掉过我脖颈上的一缕细发，但却因为一时得手而忽略了我身后的护卫，被护卫一剑捅死了。这把剑送给你。"

"你真阴险。"

"第二代人类英雄擅长防守，这套皮甲是用一条幼年喷火龙的头皮所制，刀枪不入，自带火焰属性，他与我大战的时候被幼龙母亲的诅咒反噬，烧成了一堆灰炭，当然母龙是被我召唤来的。同样送给你。"

"我就是被反噬也要杀你。"

"第三代人类英雄比较特殊，是一个魔法师，他在与我比拼法力的时候，因为使用禁咒，耗尽了自己的寿命，这枚护身符是他的遗物，能够自动开启防护罩，抵御大部分的魔法攻击，也一并送给你了。"

"你这是在羞辱我。"

"不，我只是希望你下一次挑战的时候能够多些乐趣，你不用感谢我。"

5

世界上所有的人类都中了一种毒，那是谁都无法挽救的慢性病，叫"时间"，而我称呼它为"衰老"。战士用气血压制，法师用魔法拖延，就是东方的神仙道士也要用各种丹药换取自己多一点的寿命。而时间在我这里是静止的，这是 Boss 给我的恩赐。而躲过时间的人除了我还有一个怪胎，他因为情欲中了 Boss 的诅咒永生永世不灭，他叫"吸血鬼"。

吸血鬼来拜访我了，他拜访的原因只有一个，那就是无聊。大魔王金屋藏娇的桃色绯闻绝对逃不过这家伙的耳朵，我从一开始就知道。

"地狱的死灵还有兽人族的大长老托我来给魔界的至尊大魔王问个好，我们在东方阎王的府上打麻将等你很久了，三缺一你知道吗！"

"不是还有你嘛！"

"我只喜欢谈恋爱，不喜欢赌博。"

"你到底想说什么？"

"你不要玩火自焚，纵欲过度，我就是活生生的例子。"

"我不是你，我不喜欢女人。"

"那她是我的了。"

"我的东西，谁都别想带走。"

6

和吸血鬼打架这件事完全出于我对个人物品的占有欲，谁先动手这件事并不值得探讨，值得探讨的是最后的结果，我赢了。

他伤得不轻，走的时候翅膀被我撕得就像女人穿烂的黑色丝袜，很是可笑，而我的伤势幸好手下们没有发觉，毕竟面子重要。五脏六腑都烂了，估计长好还要几十年，而明天，明天是我和她约定的挑战日期，我绝不能倒下。

她来了，面部清冷如平静的大海，海里是惊涛的洪流，我能感觉她变强了。

"我要挑战你！"

"别废话，我看你不知道生命的可贵……"

这一次，我说得比以往要少。她的剑终于捅到了我的身体里，是我送给她的那把长剑，真是好剑。

"还不动手杀了我？"我跌坐在白骨砌成的王座上，她的剑扎在我的胸前，只要再进几分，或许我就会死了。

"我知道你之前受了伤，别在作恶了。"

女英雄最终没有动手，她走的时候并不像她挑战我时那样决绝，她走得很慢，跨过门前的时候，我注意到她停顿了一下，但她终究没有回头。

"这件贴身皮甲果然只有女人穿上才会分外好看，还有那件护身符散发的金光，真是好宝贝啊……"我说完这句话的时候，终于眼前一黑，昏了过去。

7

我的伤势已经痊愈，几百年转瞬即逝，我又遇见了好几个英雄，每一个我都没让他们死，Boss 对我的工作很不满意。

直到有一天，我又遇见了一个少年，他和别的英雄都不一样，阴狠狡诈，擅用枪械，还有自制的各种毒药粉末很是骇人，但很可惜，他不会魔法。

"你虽然用妖术把我困在这里动弹不得，但我也不是你能够戏耍的玩物，我手上有东方阎王的秘密，他逼不得已和我签订了契约，但凡我有半点生命危险，他立马会派百鬼夜行，击杀你这个魔界大魔王！"

"权利，名声，力量，我是拥有世界上一切财富的大魔王，年轻人，你想要我的全部吗？想要的话我就全部给你！"

"为什么？"

"因为我老了。"

8

当我把手上所有的工作都交接给这个年轻人的时候，我在 Boss

给我的辞职文件上签下了自己多年没用的名字，王也。是人都有名字，我成了一个凡人。

临行前，所有的魔山为之一震。

紫鸦横飞，

白骨遍野。

猩红色的血浆，

在地底的深处不断翻滚。

天空上燃烧着墨绿色的云，

城堡外缠绕着深蓝色的火焰。

没有奴隶像野兽一样逃离，

也没有成群结队的铠甲炸裂如烟花，

我那八只脚的宠物依偎在新主子的脚下摇尾乞怜。

畜生就是畜生，白疼它这么多年了。

少年问我："为什么好好的魔王不做，非要做凡人。"

我对他说："你要记住，世界上的人类分为诚实的、狡诈的、善良的、丑恶的、活着的、死了的、男人，还有女人。"

我是大魔王，但我喜欢女人。

如果世界在这一天毁灭

所有的故事都来源于生活，我和陈琪在车站相识没有错，我画画她唱歌也没有错，错就错在我们不该在不对的时间遇到本该就在一起的正确的人。

1

2012 年 12 月 21 日，世界上发生了三件大事：外星人首次通过虫洞跳跃进了银河系，他们利用人类无法想象的力量熄灭了太阳的火焰。地球就像玛雅人预言的一样，连续的三个黑夜之后，人类将要面临死亡。而我扛着满满一箱的"金枪不倒"，守在酒店的房间里等待一个女人。这里面只有一件事是真的，而你们永远也猜不到……

玛雅人居然骗了我？外星人什么的都死哪里去了？我这一箱"金枪不倒"到底还喝不喝？

我恨陈琪。

2

陈琪是我的初恋女友，2009 年的那一天我就不该接她的电话。

陈琪说："王也，你已经很久没有给我讲故事了，你能给我讲个有关爱情的故事吗？"

200

我说："爱情故事没有，但我有个冷笑话，有一天包子和泡面打架，结果泡面被包子扔到了大海里，你知道为什么吗？"

陈琪说："为什么？"

我说："因为泡面会游泳。"

陈琪说："一点都不好笑，如果你讲不出爱情故事，我们就分手吧！"

我以为当时她只是开玩笑，于是我答应了陈琪的要求，给她讲了一个有关离别与重逢的爱情故事。

3

很久很久以前，有一个男生和一个女生在同一个站台一起等车。

男生叫王也，手里总是拿着碳素笔和一本有些发旧的淡黄色稿件。

女生叫陈琪，她喜欢戴着耳机，嘴里总是哼唱着怀旧的歌曲。

有一天，王也撕下了手中的一张稿纸送给陈琪，纸上画的是一个唱歌的女孩在站台等车，她有一双像李玟一样妩媚的眼睛，四周飘逸着各种各样的音符。于是，一个背着画板的男生追逐着一个喜欢唱歌的女孩，在校园的操场上打转，在公园的树林里打转，在城市的街道上打转，然后在家与酒店的大床上疯狂地打转。再后来他们的事迹在学校里广为流传。最后，学校通知了家长，家长控制了孩子，陈琪和王也的爱情走到了终点。

他们决定分手。

4

分手那天，天气没有像电影里演的那样下着雨，可是王也却在陈琪的眼里看见了海洋。他们彼此约定在靠海的假日酒店门口见最后一面，王也买了一个戒指送给陈琪。

王也对陈琪说："如果五年以后，我们还彼此相爱，就仍然在这个酒店的门口相见，你一定要戴着戒指来找我。"陈琪听完痛哭流涕。

再后来，时光变迁，岁月如梭，转眼就到了五年之后，王也并没有结婚，他站在假日酒店的门口焦急地等待陈琪，可是最终陈琪也没有出现。

说起来全都是命运的捉弄，其实那一天陈琪来了，只是因为国内的旅游地产经济发展得实在太快，当年的假日酒店老早就开设了分店。陈琪在 3 号楼面朝大海，王也在 7 号楼并没有春暖花开。直到五年后的那天深夜，陈琪因为太过难过，把她手中的那枚戒指扔向了大海，再后来，只有王也一个人还在孤独地等待。

五年，十年，十五年，又过了十年。

电视剧里杨过早已经等到了姑姑，可是王也的小龙女却一直没有到来。假日酒店的工作人员总说，我又看见那个老头在海边钓鱼了，他一定是一个有故事的人。

5

陈琪说："你说的这个故事太惨了，我们，不，我说的是他们最终都没有相见吗？"

我说："不，故事还没有结束，再后来王也在海里钓起了一个东西，他看着那个东西哭得像一个孩子。"

陈琪说："是戒指吗？"

我说："不对，你再猜。"

陈琪说："天啊！难道故事里陈琪跳海了？"

我说："都不对，是刚刚的泡面……"

陈琪说："我们还是分手吧。"

6

原来电影里演的都是真的，张无忌的母亲没有说谎，千万不要相信女人，越是漂亮的女人就越会骗人。

2009年的那一天我接到了陈琪的电话，她说如果我不给她讲一个有关爱情的故事她就要和我分手。我虽然说了故事，可她还是坚持要和我分手，这并不是玩笑。

所有的故事都来源于生活，我和陈琪在车站相识没有错，我画画，她唱歌也没有错，错就错在我们不该在不对的时间遇到本该就在一起的正确的人。

我们的事迹在学校里广为流传，学校通知了家长，家长控制了我们，我们还只是个孩子。

再后来我们没有在背靠大海的假日酒店门口许下自己的承诺，而是在假日酒店里的大床上完成了彼此的成人礼。

我还记得她离开的那一天对我说："王也，你相信玛雅人预言的世界末日吗？"

我说："傻B才会相信。"

陈琪说："2012年12月21日，如果外星人会像玛雅人预言的那样来毁灭地球，我们一定要回到这间酒店里疯狂地做爱直到世界毁灭。假如这一天民政局还照常上班的话，我们要在这一天领证结婚，当然如果那时你还没有精尽人亡的话，哈哈哈，我们这一辈子算是没有白活！"

我说："再见，流氓！"

陈琪说："结婚不算要流氓。"

7

2012 年 12 月 21 日的这一个晚上，对于很多人来说将是漫长的一夜，恐惧、亢奋、喜悦、疯狂，形形色色的情感交织在这一整个晚上，而我却干了一件傻事。

很久很久以前，有一个女孩对我说，外星人是真的，世界末日会来。而我独自一人扛着满满一箱的"金枪不倒"在假日酒店里给自己开了一个包间。电视里放着五月天的歌。

> 突然好想你，你会在哪里
> 过得快乐或委屈
> 突然好想你，突然锋利的回忆
> 突然模糊的眼睛
> …………

虽然那一天说着再见离开了你，但你能否记得我们相爱的事情。

我不知道，我只知道如果世界在这一天即将毁灭，那么我的青春就始终没有完结。

我爱你，陈琪。

我也爱你，王也。

裸奔侠

姑娘在房间里号啕大哭，李二狗在街上奋力奔跑，没有人追得上他，为了爱情，暴力或许解决不了任何问题，但是裸奔可以。

1

李二狗做梦也没有想到，如今他居然成了一个名副其实的超级英雄，一个现代行为艺术的领军人物，一个万千青年男女疯狂追捧的人气偶像。他的脸上已然被时代打下了"自由"的烙印，而李二狗本人却对"自由"不以为然。他总是这样向粉丝们宣称，暴力或许解决不了任何问题，但是裸奔可以。

李二狗是一个裸奔侠。

2

裸奔也需要讲究技巧。

首先，你需要一顶合适的帽子，能够掩盖你长时间没有梳洗的油性头发，毕竟粉丝不希望发现自己喜爱的偶像原来是一个邋遢的中年大叔。其次，你需要有一双质量尚好的跑鞋，这样才能保护脚掌不被沿途的石子刮伤，让你跑得更远更持久。最后，你可以选择是否要戴上一个面具，当然如果你跑得足够快，足够像一个追风少年，那么你可以不需要它。

李二狗跑得不够快，不够像一个追风少年，他也没有戴面具，所以他红了。

3

正如电影所演的，每一个人都有属于自己的解压技巧，有的人选择把秘密写在日记里，刻在光盘里，存在笔记本电脑里，把这一生做过的好的、坏的、肮脏的、龌龊的，还有值得各种歌功颂德但却不足为外人道也的生活都记录了下来。在这些人死后，这或许会成为后来人不可多得的瑰宝。还有的人选择挑战，挑战自己从来没有做过的事情，比如去攀爬一座高山，又或者去游历一片海洋，在少数人到达不了的地方撒一泡热乎乎的尿液，留下了人类曾经到此一游的证据。就像紫霞仙子对至尊宝说的话一样，他们像是在对所有地球的动物们训话，阿猫阿狗们都听着，从今天开始，这一片地方属于我了。

可是这并不是大多数人都能做的选择，因为风险成本太高，并不是每一个人都是雷锋，都是王石，都是哥伦布，又或者是陈冠希。我们并没有那么多精彩绝伦的故事供后世敬仰或者唾弃，但我们或许都可以成为李二狗。

李二狗裸奔了，他释怀自己的方式其实很简单。"妈蛋，就是干！"

每当李二狗遇到人生里的难题时，他总是更倾向于一个行动派，那天他原本打算和一个姑娘在铺满玫瑰花瓣的浴池里来一个鸳鸯戏水，可是姑娘的父母还有一群穿着制服的人却敲开了房间外的那扇大门。

"妈蛋，就是干！"李二狗骂骂咧咧地起身，来不及穿衣服，踩着一双拖鞋就从窗外纵身一跃，还好是一楼，他跑得本没有那么快，但是胯下的凉风让他顿时倍感轻松。姑娘在房间里号啕大哭，李二狗在街上奋力奔跑，没有人追得上他，为了爱情，暴力或许解决不了任何事情，但是裸奔可以。

那个姑娘叫小芳。

4

小芳是李二狗的小学同学，作为一个合格的地痞流氓，李二狗在很小的时候就犯了一个大多数成年人都会犯的错误，他积极地投身到了研究"女性裙底到底有没有人类宝藏"这一学术课题。他成功地钻了小芳的裙子，那个绝对领域。

曾有同学好奇地问他，"你到底看见了什么？"

李二狗总是回答："我的眼前只有一片黑暗。

再后来，小芳一直哭，一直跟着李二狗。李二狗上课睡觉，小芳就举报他；李二狗考试作弊，小芳就举报他；哪怕李二狗在上课时不小心放了屁，小芳都一定会举报他。于是李二狗妥协了，他和小芳谈判，会保守小芳裙底的秘密，但是小芳却让李二狗娶她。

李二狗第一次觉得生活让自己吃了个大亏，却怎么也无力反驳。

5

生命的长度或许是有限的，但是生命的广度却可以无限延展。借助小芳的力量，李二狗第一次开眼见世界，就见证了许多年轻小伙子都无法企及的黑暗渊面，但他也在无数次实践中，从左手的潮湿里不断警醒。那是一个神奇的贤者时间，李二狗看见了黑暗的对立面，无限的光明与清醒，那是乞力马扎罗山上的天堂。

李二狗和小芳很快都升入了高中，青春期的懵懂不安因为花季雨季的到来就此终结，小芳发育了，李二狗也发育了。但是李二狗他爹李大狼却要阻止他们发育。

李大狼是李二狗人生里见过的第一个裸奔的人。

裸奔或许可以遗传。

6

李二狗曾对他爸说："他们都只是我人生道路上的沙子，而你才是我人生道路上永远的绊脚石。"

李大狼做了一件惊世骇俗的事，成功为李二狗还未觉醒的早恋蒙上了一层史诗般的阴霾。李大狼居然被隔壁小区的物业一路追赶，狼狈逃窜，更关键的是他居然没有穿衣服。

据李大狼事后纠正，那一天他虽然没有穿衣服，但是他穿了袜子，那是一双在天桥底下摆摊的老头子卖给他的名牌袜子，雪白干净的颜色配着入手丝滑的质感，李大狼一狠心花了 10 元买了一打，而李二狗杀了他爸的心都有，并不是因为钱。而是因为那一年，李二狗的父母离婚了。

7

或许是因为羞耻，或许是因为愤怒，李二狗跟着母亲很快就搬了家，然后他转了学。离别那天，李二狗对小芳说："我胡汉三还会回来的。"

小芳借用紫霞仙子的台词回答："我的意中人，是位盖世英雄，有一天他会踩着七色祥云来接我，我猜中了开头，但却没猜中结局。"

李二狗说："这可不是我们的开头，这也不会是我们的结局。"

再后来李二狗走了，小芳留在原地号啕大哭。

8

你是否遇到过难以言喻的感情问题让自己举步维艰，又是否面对过爱情的绝望让自己寸步难行。生活不只有故事，它还有事故，感情不只有欢喜，它还有疾苦。我们在等待与追逐间进退维谷，但却在利益与成败间左右逢源。

李二狗对生活说："妈蛋，就是干！"

在李二狗第一次离开小芳之后，他花了九年时间才让彼此重归于好，而这一次，他再一次想起了自己当初离开小芳之时所说的那些话，想起了自己破碎不堪却又温暖无比的那些童年生活，想起了小芳裙底那永无止境的黑暗，还有那一个承诺。

"不要再举报我了好吗？我答应保守你的秘密。"

"可以，除非你长大以后娶我。"

九年的异地恋转眼而过，他们早已成年。

李二狗炸裂了："我们相爱有错吗？我为什么要逃跑？这他妈还好不是冬天，不然我就要感冒了！"

9

裸奔也需要讲究技巧。

你可以跑得不够快，不够像一个追风少年，也可以不穿跑鞋，不戴面具，但你一定要朝着正确的方向奔跑。

李二狗在裸奔中转身，姑娘本该渐行渐远的哭声越来越嘹亮。他不是盖世英雄，也没有七色祥云，但他愿意成为一个爱人，一个丈夫，一个父亲，一个值得小芳等待的男人。

再后来，裸奔逃跑的男人又裸奔了回来，穿着制服的人们拿下了这个变态。这对恋人的故事很快就家喻户晓，李二狗成了如今的裸奔侠。

人们说他是爱情故事里的超级英雄，说他裸奔的举动是行为艺术，说他是现实社会里最后的自由，而李二狗却总是对人们宣称，暴力或许解决不了任何事情，但是裸奔可以。

10

很多年以前，李二狗问李大狼："你裸奔到底为了什么？"
李大狼说："为了爱情。"
很多年以后，曾有人问李二狗："你裸奔到底为了什么？"
李二狗说："为了爱情，还有责任。"

尾 声

时光机：与未来的自己搏斗

青春是好事，至少我们还有时间迷茫，还能义无反顾地走下去。青春是岁月的一抹明媚伤痕，我在那一角落患过伤风……

一架时光机

我有一架来自过去的时光机，除了十六岁的我，没有任何人发现过它。然而十年后的今天，我一不小心启动了它。

好好奋斗……无论怎样……多少个春夏秋冬……明天，生日快乐。

——写于 2006 年 11 月 8 日

这是一条过去的博客，写下这句话的女人是我的初恋女友，11月9日是我的生日，没想到如今只有我回到了这里。

我是一个很念旧的人，总是会在不经意间留下许多我曾来过或走过的痕迹供给未来的自己发现。这是一场自己和自己的斗智斗勇。

人的记忆很奇特，它不受自己控制，有时你想记起的事却总是记不住，比如考试时元素周期表的排列。还有些事你想遗忘但偏偏总会想起，比如你曾经的失恋。

给未来的自己打造一架时光机其实是一件非常有趣的事情，你甚至非常渴望发现经过漫长的时空，当未来的你读到现在的你写下的话语时，你会有怎样的心情。

嗯，我现在的心情非常复杂。

我眼前的这个博客就是一架时光机，不过它可能略微有些特殊，因为这架时光机的主人是我和我的初恋女友。我们都有共同的账号密码，谁如果想起了对方，或者想和对方说些什么，那么就登录到这个博客里来，上面的文字是她留给我的最后一句话。而我们之前写的大部分东西应该都被删除在废件箱里了，可惜我现在忘记了账号和密码。

发现这架废弃已久的时光机其实是一件非常偶然的事情。我在笔记本里编写小说，搜集素材的时候无意间点开了某个文件夹，嗯，就夹杂在我最常用的图片文件夹里。这是我给自己设下的圈套。

我把博客的地址保存在一个叫作"与未来的自己搏斗"的文档里，出于好奇我打开了它，然后就陷入了不可自拔的回忆里，这其实是属于我自己的一架时光机。

"原来七年前的自己是这么喜欢初恋啊？"我苦涩地看着字里行间透露出的失落与遗憾，却怎么也想不起我是何时创建了这样一个时光机的。

嗯，我又在时光机里发现了一个QQ。

这是我废弃已久的QQ号，我在百度里搜索了一下，发现了我过去在贴吧里发的几个帖子。其中有一条这样写道：我在十六岁的时候在这里留下脚印，希望以后的自己能够回来，好好地活着。然后我在下面又看到另一个自己的回复：我在二十岁的时候回来告诉自己，我现在是一名广告从业人员了，希望能遇到和我一样在工作岗位奋斗的朋友加QQ互相勉励，我的QQ是……

原来我之前就曾坐时光机回到过这里，二十岁的自己一定是一个特别热爱工作的小伙子，你看他充满了正能量。我的嘴角微微上扬，我在电脑里再一次回复起这个帖子：二十六岁的我回来告诉之前的自己，你现在已经基本能养活你自己了，而且你也遇到了你人生中最重要的人。嗯，我想对三十岁的自己说，你看到的时候也请你一定要留言，并且告诉我，我们是不是有了孩子，这虽然听上去有些怪异，但我希望你告诉我他／她是男孩还是女孩。

我开始喜欢上了这架时光机，我在文档里发现了更多有趣的对自己的暗示。文档里写道：0915.MP3。这一定是一个音频文件，我在电脑里按下了搜索功能，沿着 C 盘、D 盘、E 盘、F 盘，终于查找到一个仅有 4M 大小的音频文件，我按捺不住激动的心情打开了它。我听到了自己给自己录下的备忘录：

"也许会有这样的故事，总是害怕伤害很多人，也害怕伤害自己，所以总是不敢靠近。我知道我不够勇敢，我的顾及很多，是我想得太多，其实这些都是我庸人自扰，我明白……

"有人说是我成熟了，可是成熟就代表孤独吗？我不知道。

"我想，我在等一个人……

"也许会有这样的故事，让我爱上你，让我用生命付出，换你来碰触我内心最脆弱的角落。

"在茫茫人海，你向我慢慢走来，我很惊讶地望着你，是那种似曾相识的面孔，你微笑着对我说，我们是不是在哪里见过……"

我猜想当时一定是失恋了，可惜音频文件里并没有说明是什么时间里录下的故事。0915，会不会是某年的 9 月 15 日，我不清楚。

我又听了音频文件里的下一段：

"有种感觉，似是而非，我以为我了解，但是在生活中却变了样子，心情在喧嚣下慢慢地沉淀，感觉很真实。我看穿了过往的人群，却看不穿自己的内心，脉搏在平淡中不停地跳转。

"有人说我在徘徊，在游离，哪个才是真的自我。时间是个残酷的东西，朋友说她老了，我却在感叹自己这么年轻。青春是好事，至少我们还有时间迷茫，还能义无反顾地走下去，直到走过前辈们走过的老路，才知道人生可以选择成熟，却不能避免我们犯错。青春是岁月的一抹明媚伤痕，我在那一角落患过伤风。

就像那首老歌："你说你怀念的是无话不说，你说这不是真爱，你说你说……"我听到的是变化，我有自己的感触，就像人们常说的，自我思想太多的人往往听不见别人说话。我自信倾听，却还是被自己蒙蔽。原来我的生活差不多，我需要的也只是小小的感动，浪漫下的完美主义者才真的是个错误。

"我的一切，请一定要拥有。"

嗯，这是我又谈了一个女朋友，那时的我可真矫情啊。我不禁笑出了声。

现在是凌晨四点半，我看了右下角的时间，这架时光机到达0915.MP3时就此打住，我尝试把所有的过去都重新编辑在了你看到的这篇文章里：《与未来的自己搏斗》。

也许每一个人都需要有这样一架时光机，你只需把记忆里最珍贵的某些东西偷偷记录在这里，任由它飘荡在电脑里或者是网络上，说不定有一天，你也会像我一样无意间打开它，找到回到过去的路，和它一起回家。时光机的名字最好也特别有趣，是你无论过了多久的将来都会感兴趣的文字，又或者是只有你和你自己知道的秘密，我想当你再一次打开它的时候，你一定会遇见不一样的自己。

而我也会在这架时光机里继续写下对于未来自己的美好期许：

亲爱的王也同志，见文如见我。

这是一架从十六岁走到二十六岁的时光机，或许在不远的将来你也会发现它的存在，又或许是在下一个十年我们才有幸相见。但我却仍旧想要告诉你，写下这篇文章的是二十五岁的你，你可能已经经历过了许多我无法想象的感情，也经历过了很多我无法理解的事情，但我仍然想说二十六岁的自己，是我最热爱的自己。

我不知道你以后会不会飞黄腾达，也不知道你以后会不会失魂落魄。但都请你一定一定要保护好自己的善良与童心。

我在人生的二十六岁里，已经回顾了许许多多的过去与故事，但我更爱的是现在的自己。我买了房子，有了另一半，甚至也希望将来能迎来家庭的新成员。你可千万不许毁掉了我这二十六年来不懈努力的结果。而我也开始尝试着把握现在生活里的点滴幸福与时光。

当然，凡事都有个假如。假如你真的胆敢毁掉我现在的生活，那么我也绝对会和未来的你誓死搏斗。假如未来真的有时光机的话，你信不信我现在就了结了自己。

属于你的时光机：

_____

_____

_____

_____

后 记

所有的坦白只是为了一个未来的你

从来没有想过，有一天我会在这里遇见你。谢谢你的仁慈与宽容，在有限的故事里，愿意陪我一起经历生活的沉浮与枯荣；也谢谢你的慷慨与大度，愿意花半日的空闲，听我讲完这些絮絮叨叨的故事与传说。我相信你至少已经读完了整本书的三分之二，那么我也相信你或许已经有了一些对我的好感与好奇。我已经准备好了一切，这一次，我想把我自己的故事说给你听。

亲爱的女读者们，对不起，我已经结婚了。

就像这本书的名字一样，"咦，你好像喜欢我？"，请原谅我内心里最善意的揣测，我猜，你们是喜欢我的。我在感情上的这种直觉，与其说是自信，倒不如说是自恋来得更加贴切。不过有些可惜，关于我结婚这件小事，我本来就要在这里坦白。因为这本书里的故事之所以能够完成，至少一半是因为我的老婆。她是个睡眠质量堪忧的姑娘，而这本书里的故事，大部分都是为了回答她睡前对我的各种疑问：

过去的你是个怎样的人？

你的朋友都是怎样的人？

你一共谈过几个女朋友？

你爱我吗？

你真的没有骗我吗？

…………

好在值得庆幸的有三件事：第一，你能在故事里找寻到我过去十年生活里的点点滴滴，我把自己对于亲情友情爱情的感知都揉碎在每一个故事的角落里。第二，你能在故事里挖掘出我是一个怎样的人，我谈的每场恋爱，我结交的每个朋友，还有我渴望遇到的某些人，都是我内心世界里对现实生活的折射与思考。第三，这也是最重要的一点，这些故事确实有效，特别是对治疗我老婆的失眠，非常奏效。

所以既然你已经读到了这里，那么，我就要开始说说我自己了。

过去的你是一个怎样的人？

每一个人都会遇到低谷，2012 年 4 月 13 日是我的低谷，这一天我喜爱了十多年的韩国女演员全智贤居然结婚了，我甚至对她的另一半怀揣恶意的猜想，会不会又是哪个长相极其猥琐，钱包极其富足的万恶资本家老头子。但我却错得离谱，通过网络我发现全智贤的老公居然是一个年轻有为的富二代，而且论长相来说我居然并不觉得他会输给我，这真是晴天霹雳。

当然还有一件小事需要顺带提一下，那一天我还发生了一场车祸，我被一辆右拐的小汽车撞倒，差点被轧死在马路上。

我从来没有这么近地接触过死亡，好在当时我像一只野狗一样狼狈地在地上滚了几圈，躲过了汽车的碾压，起来的时候我的身体看似没有什么大碍，但我的精神却垮了。

那一年我开始思考自己的人生，我到底为什么要活在这个世界上，我是不是应该为我自己的人生负责。于是我辞去了自己在电视台养尊处优的工作，开始为我的人生寻找新的方向。

当然生活并不像电影里来得那样热血澎湃，你要选择怎样的生活，就要承担生活给你带来的巨大痛苦。我的运气并不好，我花了一个月蹲在家里思考人生，然后又因为缺乏运动患上了大部分好吃懒做的男人才会得的小病——肾结石，那时候的我真是糟透了。

再后来为了寻找自己对人生迷茫的解脱，我决定到外面的世界走一走。我选择了一份既能去外地游玩，又能有地方吃饭的工作——做一名餐饮工作者。相信读过这本书的朋友一定能发现我写过一些餐饮店里发生的小故事，那些都是我那段时间记录下来的宝贵回忆。餐饮行业不同于一般的行业，它最基础的保障是既能提供住宿，又能提供饮食，这是当初的我最简单的要求，当然我也为此吃了不少苦头。

经历了将近一年的旅途奔波，我北到新疆昌吉，南到福建连江，横跨了大半个祖国，终于走遍了全国一百多家的火锅店。是的，我是一名给火锅店老板带来财富的餐饮加盟集团的商务店长，我把自己所有的激情都投身到餐饮事业里，我甚至怀疑老天爷让我出生在这个世界上，真正的意义就是当一名很有前途的厨子。还好，后来我的人生出现了转机。

2013 年 11 月，因为表现优异，**公司领导找我约谈晋升管理**层发展新项目的机会，当时的我一度确信自己终于走出了人生的低谷，可以昂首挺胸做一番大事业了。山东烟台、东北延边、江苏南京，这三个地方供我选择发展新的项目，我选择了离自己最近的南京，这也是我后来为什么会成为职业经理人的原因。

　　我在南京最偏远的新区运营着一个类似莱迪地下商城的商业项目，起初我只是来开火锅店，我的目的本来是为了达成公司在华东区，特别是南京树立品牌形象店的目标，但是老天爷好像并不想让我成为一名表现优秀的餐饮大厨，我被地方商业项目的领导看中，居然让我接管了整个商业街。这与我在电视台工作过的经历有关，我了解大部分当地市场对广告的需求，也熟悉商业业态里最重要的餐饮行业，于是我顺理成章地成为一名商业运营管理者，我的人生似乎又朝着更大的目标前进了一步。

　　那时候，我总会回头思考往事，思考生活的不可思议。我本以为自己会像一个失败者一样，每天只会对着电视里的女神幻想美好的未来，又以为自己来到这个世界上原来是要当一名酷炫狂拽帅炸天的厨子，再然后我竟然摇身一变成为一家商业广场的招商负责人。我承认我有过一段时间的沾沾自喜，甚至是狂妄自大，我拿着远高于同龄人的工资，我甚至觉得自己说不定会成为一个伟大的商人。

　　好在生活本就充满了各种各样的机遇与可能，就算你现在做的工作对未来没有丝毫的建设性，但是你只要选择好好地活下去，生活就会为你未来的某个使命搭上线，你只要知道这些都是你人生道路中的一部分，那么总有一天，你的未来会和你连接在一起。就像我和过去的自己一样，我们挣扎、苦恼、愤怒、和解，我学会了和自己对话，然后在这里开始写下我人生里的第一本书。

你的朋友都是怎样的人？

　　如果你熟读了这本书里所有的故事，那么恭喜你，你已经认识了我大部分的朋友，他们的名字虽然我都稍作变化，但是如果你是我现实生活中的同学、朋友或者亲近的人，那么你会很容易在每一个故事里找到他们的身影。我的交际圈并不广，而我认识的每一个人都成为我人生中最有意义的珍贵宝藏。

程大力是我的生死之交，我们在餐饮公司里一起共事了很多个心酸而又苦闷的日子；陈冲是我青春迷茫无助时的领路人，我在她的故事里找到自己人生的些许慰藉与方向；刘长博是我的发小，他给我灌输了对待最原始的两性关系的技巧，尽管他教会我的道理现如今看来大部分都是错的；韩四爷和何然是我相信爱情的缘由，我看着他们从高中谈到大学，又从大学走入社会，虽然真实世界里他们的爱情并没有故事里的那样圆满与纯真；还有张瑞希、酒姑娘、李瑶以及故事里许许多多的人，是他们见证了我从幼稚走向成熟的每一个过程。

你也许还会在书里发现一个经常叫作白义的朋友，他其实写的是我自己。我希望自己也像书中的朋友一样，游走在不同的城市，每个人都承载着每个人的无奈与艰辛，但是每个人都仍会矢志不渝地走下去。

人的一生很长，二十出头的我们在不同的环境里过着不同的生活。有的人年轻有为；有的人跌宕起伏；有的人大器晚成。这些属于自然为每个人安排的命运，生命因为有了不同的人生而精彩，就像花草木叶，在不同的时节绽放，这样季节才会变得特殊而富有魅力。

我们都是特殊的，使命感总在召唤着我们，为了明确自己的人生，我们总在不断地找寻内心的需求与快乐，所以想要什么样的生活不如就大胆去追寻去感受，这样我们的人生才会充满诗意。而他们，都是我最富诗意的朋友。

你一共谈过几个女朋友？

我写过一个故事，叫作"赶路人"，故事里葛飞正在做一件伟大的事情，就是他要拍遍祖国大地十万八千里的新娘，制成一部当代新娘旷世合集。他显然是痴心妄想，就像我对他说的愿望一样，我希望泡遍十二星座所有的美女，最后集齐在 KTV 的总统包间里呼唤神龙。当然生活里不排除有个别情圣真的已经做到，反正我是没胆子这么做的，不然我老婆看到这里一定会手拿两把菜刀，追着我满街跑。

当然如果认真来说的话，我曾有过四段感情，而且每一个都写在了故事里。这些是我在我老婆的誓死逼问下回答的结果，可不像有些男人所说的两段感情，一次我爱她她不爱我，一次她爱我我不爱她。如果要这么算的话，那我故事里的大多女性朋友岂不都是我的前任，仅仅是想想，我老婆拿刀站在我背后的景象就已经出现在了我的脑海里，不寒而栗。希望各位前任们放过我这个可怜的胖子吧！

你爱我吗？

"王也你个浑蛋！进门居然也不换鞋，地板被你踩得到处都是脚印！

王也你个挨千刀的！被单也不知道洗一洗，拿出去晒一晒？

王也你个小祖宗！不洗脚不洗屁股，晚上你不许上床睡觉！"

嗯，这就是我脑海里我最爱的人的样子，她留着一头乌黑亮丽的秀发，身体后仰，下巴抬得与鼻孔一样高，她一边左手叉腰，一边右手指着我的鼻子破口大骂。她的名字叫静静，因为娶了她，我有幸解决了人生里不多的难题。

　　"我和你妈同时掉进水里你先救谁？"

　　"亲爱的，我想静静……"

　　"静静是谁？"

　　"静静是你呀！我的老婆。"

　　"乖。"

　　成年人的生活里，根本就没有"容易"二字。我总是时刻小心，提防她一时心血来潮又问出什么奇怪的问题，特别是没结婚以前，亲爱的朋友们，千万不要相信另一半所说的话。例如，"你告诉我你以前都怎么把妹的，我一定不会告诉别人！"再例如，"你就和我说吧，你喜欢过几个女人，我保证不会生气。"嗯，如果你真的全部都说出去了，那么愿上帝保佑你……

　　在我老婆问出"你爱我吗？"这句话的时候，其实我已经做了充足的准备，我上面描述这么多，都是为了让大家多了解一些她这个人。

　　说起我为什么会娶她，其实这件事我比你们更震惊，谁能想到我居然这么年轻就赶上了早婚的这趟末班车。二十五岁结婚，我觉得这对一个城里人来说真是极早的，就是到了现在，连我亲爹都还没有缓过神来。

　　我和我老婆是自由恋爱，我们也没有提前弄出宝宝来，这个世界里我只有一个宝宝，那就是我老婆。希望你们不要瞎猜，我马上要说的事情都很走心。

　　我在南京工作上之所以顺风顺水，其实大部分功劳要归于我的老婆。相信看过《够了，陈来妹》的朋友一定已经发现了我结婚的蛛丝马迹，是的，这篇故事是现实生活里真实发生的一件小事。因为我老婆开了一家婚庆公司，所以我在南京的大部分人脉资源都是通过她最先获得的。她是地地道道的本地人，生意都是相通的，本地人有无数种办法找到各种关系帮我摆平各种事情，这样的事我相信生活在小地方的朋友一定深有感触，更何况我本身就是在南京最偏远的新区工作，认识的人本就不多。

但让我真正决定真心要娶这个姑娘的原因，却是另外一件事情。

2014 年 11 月的时候，我的生活又出现了一次相当大的危机，这一次远比我上一次的低谷要来得深远而长久，这一年我的爷爷去世了。当时我还在南京努力地为未来打拼，我从父亲那里得知了爷爷生病住院的消息，但是我却没有请假去看他，这是我一生的遗憾。

爷爷在前年的时候身体就开始变得不好了，每当年关将近总会生病住院。第一次住院是在 2013 年，我专门请了十几天的假和父亲一起在医院看护他，后来每到冬天他的老毛病就总犯，所以这一次我以为还和从前一样，就没有多加留心。后来爷爷的病情越来越重，已经到了无法控制的地步，而这些父亲都没有告诉我……

我没能来得及见爷爷最后一面，当我得知他去世的时候已经是事情发生的第二天。父亲和我说爷爷在医院里躺了一个多月，走的时候已经什么都记不清了，爷爷不希望我看见他临走前狼狈的样子，父亲和我说，爷爷在意识还算清晰的时候，曾和他说坚决不许我来见他。

我希望他是安详地去往另一个世界的，如果能够平静地走该多好。我还记得最后一次和爷爷见面的时候，他用苍老的双手不断抚摸着我胖乎乎的手背和掌心，他对我说："我不想听你说工作的事情，我知道你自己能照顾好你自己。"

我说："那爷爷你到底想听我说些什么呀？"

　　爷爷说："你找对象了吗？"

　　我说："还在谈恋爱呢，她叫静静。"

　　爷爷严肃地对我说："先结婚，再恋爱。"

　　得知爷爷去世的那一天我其实并没有哭，我整个人都显得无力而且压抑，我听着电话那头传过来的父亲的关心与劝慰，听他说家里其他亲戚伤心欲绝的痛哭流涕的样子，可这些好像都与我无关，我其实还不相信爷爷就这么走了，我的整个脑袋都是一片空白，我不愿意相信电话里父亲告诉我的一切是真的。

　　后来在爷爷的头七，我和静静跪在地上，面朝爷爷去世的方向磕了十几个响头。那一晚静静陪在我身边，我突然莫名其妙地不住流泪，越流越多，越流越止不住，我靠在静静的怀里，忍不住地哭道："我没有爷爷了，我真的没有爷爷了……"写到这里的时候，我又有些控制不住自己的眼泪。

　　一个月后，家里人还没有走出爷爷去世的阴影。父亲也不催我回家，因为过度压抑，又或许过度悲伤，我的身体发生了一些重大变化，我的后背开始莫名地疼痛，疼了一周左右的时间，在后背上我摸到了不大不小的三个肿块。

　　当时我完全不敢和家里人说，我怕父亲会因为这件事情再次难过起来，我在网上查了一下，有人说很可能是肿瘤。我没有去看医生，我害怕得到的答案是最坏的结果，但我终究瞒不过静静的眼睛。

　　她问我："你怎么最近精神这么差，还老是晚上偷偷捶自己的后背。"

　　当时我害怕极了，害怕她知道我得了肿瘤离我而去，但我又不想欺骗她，也许越早坦白一切，才是对彼此最好的结局，于是我大着胆子对她说了一切。

我说："我可能后背上长了肿瘤，你走吧，我不想连累你。"

她说："什么？在哪里，我摸摸，你看医生了吗？"

我弯下腰指着后背左侧说："就在这里，不用看了，我在网上都查过了。"

她摸着我身上的肿块说："这么点小肿块有什么好害怕的，还是去看看医生吧。"

我说："你难道还不相信吗？我也许活不长了！"

她说："如果你真得了绝症，我也不会离开你的！"

我说："为什么？我都要死了你还不放过我！"

她说："你都活不长了，我还离你而去，那你多可怜啊！"

我哭着对她说："你原来这么爱我啊！"

她一脸嫌弃地对我说："这么快就能得到你的财产，傻子才走呢！"

再后来，我听了老婆的劝说去医院做了检查，医生说只是三个脂肪瘤，这是胖子最容易得的病，啥事都没有……

就因为这件事，我被老婆嘲笑了好几个月。2015 年 8 月 6 日，就在这一天，我和她去民政局领了证。

"你爱我吗？"

"我爱你。"

你真的没有骗我吗？

写到这里，老婆问我："我们好像都没有什么特别有趣的桥段能放在故事里说。"我对她说："我们的桥段永远都在未来里。"

这本书写到这里其实已经接近尾声，我不是一个读书很多的人，所以我也不会刻意去骗你。

我高中是艺术生，后来艺考专业课居然过了北京电影学院的导演专业，再后来我因为文化课差二十分，所以也没能上成我梦想里最期待的大学。听说韩寒也没怎么上学，当然我也不会把他拿来当作榜样，毕竟我的目标并不是做第二个写书的韩寒，因为我明明是第一个最会写书的吴彦祖。

我也曾希望自己能够多看一些书籍，这来源于我对父辈生活的向往，每一个我所接触的成年人，他们渊博的谈吐总有数以千计的书本来作为支撑。只有当历史印记、世界故事和自身阅历进行碰撞时，才会产生智慧，这是独立思考的能力。

只有不断地完善自己和充实自己，你才能找到属于自己的方向，然后我们必须坚持下去。当坚持一件自己喜爱的事成为一种习惯，你的人生才会产生诗意。我们需要交友，需要勤奋，需要信仰，需要诚信，不断地坚持下去，三年，五年，十年，你才会成为你，你的付出才会得到收获，你的人生也才会找到属于自己的位置。

而我已经又向前迈了一步，就在这本书即将出版的时候，我和朋友又组建了一个国内最大的电影自媒体——独立鱼。微博 @ 独立鱼已经接近一百六十万粉丝，微信公众号：独立鱼电影也已经成为全国数一数二的电影公众号。

最后感谢这本书的编辑白毛毛和朱静，原谅我因为过度懒散而未能早早将这本书的故事全部交完，好在现在还不算太晚。

"你真的没有骗我吗？"白毛毛一脸怀疑地看着我。

"你好像还有一万字的稿子没有交吧？"朱静推了推她鼻梁上的眼镜，又仔细地审核了她手中我给到的所有稿件。

讲完故事就睡觉。

请把我的这些故事说给你爱的人听吧！如果当你翻开这本书的时候，它能给你带来一点点的快乐，或者带来一点点的感动，这都将会是我最大的荣幸。

嗯，你肯定会喜欢我的。

所有的坦白，都只是为了一个未来的你。

图书在版编目（ＣＩＰ）数据

咦，你好像喜欢我 / 捌匹马著 .-- 武汉：长江文艺出版社，
2016.6

ISBN 978-7-5354-8527-4

I. ①咦… II. ①捌… III. ①短篇小说—小说集—中国—当代 IV. ① I247.7

中国版本图书馆 CIP 数据核字 (2015) 第 281087 号

咦，你好像喜欢我

捌匹马　著

选题产品策划生产机构 | 北京长江新世纪文化传媒有限公司

选题策划 | 金丽红　黎　波　安波舜

项目策划 | 白毛毛　　　　　　　**责任编辑 |** 陈　曦　　　　　　　**装帧设计 |** 郭　璐

助理编辑 | 杨翠翠 朱　静　　　**内文制作 |** 张景莹　　　　　　**媒体运营 |** 刘　冲

责任印制 | 张志杰　　　　　　　**图片提供 |** 朱承曦

总 发 行 | 北京长江新世纪文化传媒有限公司

电　　话 | 010-58678881　　　　　　　　传　　真 | 010-58677346

地　　址 | 北京市朝阳区曙光西里甲 6 号时间国际大厦 A 座 1905 室　　　邮　　编 | 100028

出　　版 | 长江出版传媒　长江文艺出版社

地　　址 | 湖北省武汉市雄楚大街 268 号湖北出版文化城 B 座 9-11 楼　　　邮　　编 | 430070

印　　刷 | 北京正合鼎业印刷技术有限公司

开　　本 | 880 毫米 ×1230 毫米　1/32　　　印　　张 | 7.5

版　　次 | 2016 年 06 月第 1 版　　　　　　　印　　次 | 2016 年 06 月第 1 次印刷

字　　数 | 102 千字

定　　价 | 32.00 元

盗版必究（举报电话：010-58678881）

（图书如出现印装质量问题，请与选题产品策划生产机构联系调换）

我们承诺保护环境和负责任地使用自然资源。我们将协同我们的纸张供应商，逐步停止使用来自原始森林的纸张印刷书籍。这本书是朝这个目标前进迈进的重要一步。这是一本环境友好型纸张印刷的图书。我们希望广大读者都参与到环境保护的行列中来，认购环境友好型纸张印刷的图书。